Wang Zengqi
Selected Works

《汪曾祺别集》编辑委员会

顾问：汪　明　汪　朝
主编：汪　朗
编委：苏　北　龙　冬　顾建平　徐　强
　　　陶庆梅　杨　早　凌云岚　王树兴
　　　宋丽丽　汪　卉　齐　方　李建新

汪曾祺别集

汪 朗 主编

晚饭后的故事

汪 卉 编

浙江文艺出版社

作者,摄于二十世纪九十年代初

作者一家,一九六一年摄于北京中山公园

一九八五年,作者夫妇与孙女、外孙女

一九四九年二月，作者在北平历史博物馆工作时的薪津簿

出版说明

二〇二〇年是作家汪曾祺先生诞辰一百周年。为纪念汪先生，我们编选了这套《汪曾祺别集》。

汪曾祺的老师沈从文先生辞世后，家属借岳麓书社提议出版沈先生作品的机会，与吉首大学沈从文研究室合作，编选了一套二十册袖珍本集子，并根据汪曾祺先生的建议，定名为《沈从文别集》。这套选本款式朴素大方，编选方面的特别处在于，除了旧作，每本书前面增加了一些杂感、日记、检查、书信，以帮助读者更全面地理解作者和他的作品。

《汪曾祺别集》即参照《沈从文别集》的体例，从目前所见的汪曾祺全部作品中精选出二十册小书，在纪念汪先生的同时，向沈先生致敬。

本书大致依体裁、主题分集，希望在编辑、校订方面尽可能精审，遵循的基本原则如下：

一、以初版本或作者改订本为底本，参校以初刊本，作者手稿、手校本。不论所据底本为何种形式，全书统一为简体横排，标点符号统一为新式标点。

二、底本误植处，据校本或上下文可明确推断所误为何，由编者径改；底本与他本相抵牾而无法判断者一仍其旧。

三、可见作者习惯的异体字不做改动；通假字，侧重记音的方言用字，象声词，及外国人名、地名译法，仍存旧貌；意义完全相同的同一字，及同一人、地、物名，在同一篇内保持一致。

四、在早期作品中，作者习惯使用或现代文学创作中尚不规范的"的"、"地"、"得"、"做"、"作"、"那"、"哪"等词用法，不强做规范处理。

五、全书中的数字，除特殊情况外，统一为中文数字形式。

六、题注、收信人简介以仿宋体排于篇首页页下。正文中作者原注和编者注均以脚注形式标在当页。作者原注排为宋体；编者所做的必要注释以"编者注"字样标出，排为仿宋体。

七、独立成段的引文统一使用仿宋体，另行起排，段首缩进两字。

八、每篇文章的题注以脚注形式标在篇首页，排为仿宋体。所注信息包括初次发表时间、报刊名（初刊），初版图书名（初收）等。涉及的初版图书包括以下版本：

《邂逅集》，文化生活出版社一九四九年四月版；

《羊舍的夜晚》，中国少年儿童出版社一九六三年一月版；

《汪曾祺短篇小说选》，北京出版社一九八二年二月版；

《晚饭花集》，人民文学出版社一九八五年三月版；

《汪曾祺自选集》，漓江出版社一九八七年十月版；

《晚翠文谈》，浙江文艺出版社一九八八年三月版；

《茱萸集》，联合文学出版社一九八八年九月版；

《蒲桥集》，作家出版社一九八九年三月版；

《旅食集》，广东旅游出版社一九九二年四月版；

《世界历史名人画传·释迦牟尼》，江苏教育出版社一九九二年七月版；

《汪曾祺小品》，中国人民大学出版社一九九二年十月版；

《中国当代作家选集丛书·汪曾祺》，人民文学出版社一九九二年十二月版；

《汪曾祺散文随笔选集》,沈阳出版社一九九三年六月版;

《菰蒲深处》,浙江文艺出版社一九九三年六月版;

《榆树村杂记》,中国华侨出版社一九九三年九月版;

《草花集》,成都出版社一九九三年九月版;

《汪曾祺文集》(五卷),江苏文艺出版社一九九三年九月版;

《塔上随笔》,群众出版社一九九三年十一月版;

《中国当代名人随笔·汪曾祺卷》,陕西人民出版社一九九三年十二月版;

《矮纸集》,长江文艺出版社一九九六年三月版;

《逝水》,中国青年出版社一九九六年三月版;

《独坐小品》,宁夏人民出版社一九九六年十一月版;

《去年属马》,北京燕山出版社一九九七年八月版;

《中国当代才子书·汪曾祺卷》,长江文艺出版社一九九七年九月版;

《汪曾祺全集》(八卷),北京师范大学出版社一九九八年八月版;

《汪曾祺全集》(十二卷),人民文学出版社二〇一九年一月版。

题注中只列上述书名,不另标注出版时间和出版社名;

《汪曾祺全集》以"北师大版"和"人民文学版"作为区分。

虽已竭尽全力，本书仍可能存在各种问题，期待读者诸君批评指谬。

《汪曾祺别集》编辑委员会
二〇一九年十二月六日

总 序

别集,本来是汪曾祺为老师沈从文的一套书趸摸出的名字,如今用到了他的作品集上。这大概是老头儿生前没想到的。

沈先生的夫人张兆和在《沈从文别集》总序中说:"从文生前,曾有过这样愿望,想把自己的作品好好选一下,印一套袖珍本小册子。不在于如何精美漂亮,不在于如何豪华考究,只要字迹清楚,款式朴素大方,看起来舒服。本子小,便于收藏携带,尤其便于翻阅。"这番话,用来描述《汪曾祺别集》的出版宗旨,也十分合适。简单轻便,宜于阅读,是这套书想要达到的目的。当然,最好还能精致一点。

这套书既然叫别集,似乎总得找出点有"别"于"他集"的地方。想来想去,此书之"别"大约有三:

一是文字总量有点儿不上不下。这套书计划出二十本，约二百万字。比起市面上常见的汪曾祺作品选集，字数要多出不少，收录文章数量自然也多，而且小说、散文、文学评论、剧本、书信等各种体裁作品全有，可以比较全面地反映他的创作风格。若是和人民文学出版社新近出版的《汪曾祺全集》相比，《别集》字数又要少许多。《全集》有十二卷，约四百万字，是《别集》的两倍，还收录了许多老头儿未曾结集出版的文章。不过，《全集》因为收文要全，也有不利之处，就是一些文章的内容有重复，特别是老头儿谈文学创作体会的文章。汪曾祺本不是文艺理论家，但出名之后经常要四处瞎白话儿，车轱辘话来回说，最后都收进了《全集》。这也是没办法的事情。《别集》则可以对文章进行筛选，内容会更精当些。就像一篮子菜，择去一部分，品质总归会好一点儿。

二是编排有点儿不伦不类。这套书在每一本的最前面，大都要刊登老头儿几篇与本书有点儿关联的文章，有书信，有序跋，还有他被打成右派的"罪证"和下放劳动时写的思想汇报。在正文之前添加这些"零碎儿"，可以让读者从多个角度了解汪曾祺其文其人。这种方式算不得独创，《沈从文别集》就是这么编排的，只是一般书很少这么做。也算是一别吧。

再有一点，是编者有点儿良莠不齐。这套书的主持者，以五十岁左右的中年人居多，他们大都对汪曾祺的作品有着深入了解，也编过他的作品集。有的当年常和老头儿一起喝酒聊天，把家里存的好酒都喝得差不多了；有的是专攻现当代文学的博士；有的被评为"第一汪迷"；有的参加过《汪曾祺全集》的编辑；有的对他的戏剧创作有专门研究……这些人能够聚在一起编《汪曾祺别集》，质量当然有保证。其中也有跟着混的，北京话叫"塔儿哄"，就是汪曾祺的孙女和外孙女。她们对老头儿的作品虽然有所了解，但是独立编书还差点儿火候。好在大事都有专家把控，她们挂个名，跟着敲敲边鼓，不至于影响《别集》的质量。

这套《汪曾祺别集》是好是坏，还要读者说了算。

汪　朗
二〇一九年十月二十五日

目 录

序跋选

捡石子儿
——《中国当代作家选集丛书·汪曾祺》代序 ———— 1

书信选

致黄裳 一九四八年十一月三十日、十二月一日 ———— 11

致巴金 一九五〇年十月七日 ———— 15

致萧珊 一九六五年七月二十二日 ———— 17

致涂光群 一九八一年七月二十二日 ———— 18

致汪家明 一九八二年三月二十七日 ———— 19

致邓友梅 一九八三年十一月二十四日 ———— 22

致弘征 一九八四年二月六日 ———— 24

小说选

晚饭后的故事 ——— 26

云致秋行状 ——— 49

星期天 ——— 84

金冬心 ——— 104

安乐居 ——— 113

毋忘我 ——— 129

迟开的玫瑰或胡闹 ——— 131

捡烂纸的老头 ——— 144

瞎鸟 ——— 148

要帐 ——— 153

小芳 ——— 157

昙花、鹤和鬼火 ——— 170

桥边小说三篇 ——— 183

小学同学 ——— 207

道士二题 ——— 217

故事里的故事 ——— 汪卉 224

捡石子儿
——《中国当代作家选集丛书·汪曾祺》代序

承人民文学出版社的好意,要出我一本选集,我很高兴。我出过的几本书,印数都很少,书店里买不到。很多人到我这里来要。我的存书陆续送人,所剩无几,已经见了缸底了。有一本新书,可以送送人。当然,还可以有一点稿费。

一本二十多万字的书,好像总得有一篇序什么的,不然就太秃了。因此,写几句。都是与本书有关的,不准备扯得太远。

都是些平平常常的话。

我以前外出,喜欢捡一些石头子儿。在海边,在火山湖

---

* 初刊于《中国文化》一九九二年第一期,初收于《中国当代作家选集丛书·汪曾祺》。

畔，在沙滩上、沙漠上，倒都是精心挑选的，当时觉得很新鲜。但是带回来之后看看，就失去了新鲜感，都没有多大意思。后来，我的孙女拿去过家家了。剩几颗，压水仙头。最后，都不知下落，没有了。也并不可惜。我的这篇代序里的话也就像那些石头子儿，没有什么保留价值。

关于空灵和平实

我的一些作品是写得颇为空灵的，比如《复仇》、《昙花、鹤和鬼火》、《天鹅之死》。空灵不等于脱离现实。《复仇》是现实生活的折射。这是一篇寓言性的小说。只要联系一九四四年前后的中国的现实生活背景，不难寻出这篇小说的寓意。台湾佛光出版社把这篇小说选入《佛教小说选》，我起初很纳闷。去年读了一点佛经，发现我写这篇小说是不很自觉地受了佛教的"冤亲平等"思想的影响的。但是，最后两个仇人共同开凿山路，则是我对中国乃至人类所寄予的希望。我写《天鹅之死》，是对现实生活有很深的沉痛感的。《汪曾祺自选集》的这篇小说后面有两行附注：

一九八〇年十二月二十九日清晨

一九八七年六月七日校，泪不能禁。

我的感情是真实的。一些写我的文章每每爱写我如何恬淡、潇洒、飘逸，我简直成了半仙！你们如果跟我接触得较多，便知道我不是一个不食人间烟火的人。

在一次北京作协组织的我的作品座谈会上，最后，我作了一个简短的发言，题目是《回到现实主义，回到民族传统》，这可以说是我的文学主张。我说我所说的"现实主义"是能容纳各种流派的现实主义。现实主义不应该排斥、拒绝非现实主义。现实主义的作品，或多或少，都要掺进一点非现实主义的成分。这样的现实主义才能接收一点新的血液，获得生机。否则现实主义就会干枯，老化，乃至死亡。但是，我的作品的本体，是现实主义的。我对生活的态度是执著的。我不认为生活本身是荒谬的。不认为世间无一可取，亦无一可言。我所用的方法，尤其是语言，是平易的，较易为读者接受的。我的小说基本上是直叙。偶有穿插，但还是脉络分明的。我不想把事件程序弄得很乱。有这个必要么？我不大运用时空交错。我认为小说是第三人称的艺术。我认为小说如果出现"你"，只能是接受对象，不能作为人物。"我"作为读者，和作品总是有个距离的。不管怎么投入，总不能变成小说中本来应该用"他"来称呼的人物，感觉到他的感觉。这样的做法不但使读者眼花缭乱，而且阻碍读者进入作品。至少是我，对这样的写法是反感的。有这个必要么？小说是写给读者看的，不能故意跟读者为难，使读者读起来过于费劲。修辞立其诚，对读者要诚恳一些，尽可能地写得老实一些。

但是，我最近写的一篇小说《小芳》引起了我对我的写作方法的一番思索。

《中国作家》有位编辑约我写一篇小说，写得了，我在电话里告诉他："这篇小说写得非常平实。"我的女儿看了，说她不喜欢。"一点才华没有！这不像是你写的！"我也不知道我怎么会写出这样一篇如此平铺直叙的小说。我负气地说："我就是要写得没有一点才华！"但是我禁不住要想一想：我七十一岁了，写了这样平实的小说，这说明了什么？是不是我在写作方法上发生了某些变化？以后，我的小说将会是什么样子的？

想了几天，似乎有所开悟（这些问题过去也不是没有想过）：作品的空灵、平实，是现实主义的，还是非现实主义的，决定于作品所表现的生活。生活的样子，就是作品的样子。一种生活，只能有一种写法。《天鹅之死》的跳芭蕾舞的演员白蕤和天鹅，本来是两条线，只能交织着写。《小芳》里的小芳，是一个真人，我只能直叙其事。虚构、想像、夸张，我觉得都是不应该的，好像都对不起这个小保姆。一种生活，用一种方法写，这样，一个作家的作品才能多样化。

我想我以后再写小说，不会都像《小芳》那样。都是那样，就说明确实是老了。

关于民族传统和外来影响

我的写作受过一些什么影响？古今中外，乱七八糟。

我在大学念的是中文系，但是课余时间看的多是中国的当代文学作品和外国文学的译本。俄国的、东欧的、英国的、法国的、美国的、西班牙的。如果不看这些外国作品，我不会成为作家。

我对一种说法很反感，说年轻人盲目学习西方，赶时髦。说西方有什么新的学说，新的方法，他们就赶快摹仿。说有些东西西方已经过时了，他们还当着宝贝捡起来，比如意识流。有些青年作家摹仿西方，这有什么不好呢？我们年轻时还不都是这样过来的？有些方法，不是那样容易过时的，比如意识流。意识流是对古典现实主义一次重大的突破。普鲁斯特的作品现在也还有人看。指责年轻人的权威是在维护文学的正统，还是维护什么别的东西，大家心里明白。

有一种说法我不理解：越是民族的，就越是世界的。虽然这话最初大概是鲁迅说的。这在逻辑上讲不通。现在抬出这样的理论的中老年作家的意思我倒是懂得的。他们具有强烈的排他性，排斥外来的影响，排斥受外来影响较大的青年作家，以为自己的作品是最民族的，也是最世界的，是最好的，别的，都不行。

钱锺书先生提出一个说法："打通"。他说他这些年所做的工作，主要是打通。他所说的打通指的是中西文学之间的打通。我很欣赏打通说。中国当代文学和西方文学需要打通，不应该设障。

另一种打通是当代文学与古典文学（民族传统）之间的打通。毋庸讳言，中国当代文学和古典文学之间是相当隔阂的。这有两方面的原因。一方面，当代作家对古典文学重视得不够；另一方面，研究、教授古典文学的先生又极少考虑古典文学对当代创作的作用，——推动当代创作，应该是研究、教学古典文学的最终目的。

还有一种打通，是当代文学、古典文学和民间文学之间的打通。我曾在湖南桑植读到一首民歌：

姐的帕子白又白，
你给小郎分一截。
小郎拿到走夜路，
好比天上蛾眉月。

不知道为什么，我当时立刻想到王昌龄的《长信秋词》：

玉颜不及寒鸦色，

犹带昭阳日影来。

两者设想的超迈，有其相通处。这样的民歌，我想对于当代诗歌，乃至小说、散文的写作应该是有影响的。

《阿诗玛》说："吃饭，饭不到肉里；喝水，水不到血里"。我们读了西方文学、古典文学、民间文学，当然不能确指这进入哪一块肉，变成哪一滴血，但是多方吸收，总是好的。

我对古典、西方、民间都不很通。但是我以为，一个当代中国作家，应该是一个文学的通人。

关于笔记体小说

我的一些小说，在投寄刊物时自己就标明是笔记小说。笔记体小说是近年出现的文学现象。我好像成了这种文体的倡导者之一。但是我对笔记体小说的概念并不清楚。

中国古代小说有两个传统，唐人传奇和宋人笔记。唐人传奇本多是投之当道的"行卷"。因为要使当道者看得有趣，故情节曲折，引人入胜；又因为要使当道者赏识其才华，故文辞美丽。是有意为文。宋人笔记无此功利的目的，多是写给朋友们看看的，聊助谈资。有的甚至是写给自己看的。《梦溪笔谈》云"所与谈者，唯笔砚耳"。是无意为文。因此写得清淡自然，但，自有情致。我曾在一篇序言里说过我喜欢宋人笔记胜于唐人传奇，以此。

两种传统，绵延不绝，《阅微草堂笔记》可以说是继承了笔记传统，《聊斋志异》则是传奇、笔记兼而有之。纪晓岚对蒲松龄很不满意，指责他：

> 今燕昵之词、媟狎之态，细微曲折，摹绘如生。使出自言，似无此理；使出作者代言，则何从而闻见之？

这问题其实很好回答：想像。

一般认为，所写之事是目击或亲闻的，是笔记，想像成分稍多者，即不是。这也有理。

按照这个标准，则我的《桥边小说三篇》的《茶干》是笔记小说；《詹大胖子》不完全是，张蕴之到王文蕙屋里去，并非我亲眼得见；《幽冥钟》更不是，地狱里的女鬼听到幽冥钟声，看到一个一个淡金色的光圈，我怎么能看到呢？这完全是想像，是诗。

我觉得这样的区分没有多大意思。

凡是不以情节胜，比较简短，文字淡雅而有意境的小说，不妨都称之为笔记体小说。

我并不主张有人专写笔记体小说，只写笔记体小说。也不认为这是最好的小说文体。只是有那么一小块生活，适合或只够写成笔记体小说，便写成笔记体，而已。我并没有"倡导"过什么。

关于中国魔幻小说

我看了几篇拉丁美洲的魔幻小说，第一个感想是：人家是把这样的东西也叫做小说的；第二个感想是：这样的小说中国原来就有过。所不同的是拉丁美洲的魔幻小说是当代作品，中国的魔幻小说是古代作品。我于是想改写一些中国古代魔幻小说，注入当代意识，使它成为新的东西。

中国是一个魔幻小说的大国，从六朝志怪到《聊斋》，乃至《夜雨秋灯录》，真是浩如烟海，可资改造的材料是很多的。改写魔幻小说，至少可以开拓一个新的写作领域。

有人会问：改写魔幻小说有什么意义？我们也可以反问一句：你所说的"意义"是什么意义？

关于本书体例

我以前出的几本书,在编排上都是以作品写作或发表的时间先后为序的。这回不这样,我把作品大体上归了归类。小说部分以地方背景分。我生活过的地方是:江苏高邮、昆明、北京、张家口。小说也就把以这几个地方为背景的归在一起。有些篇不能确指其背景是什么地方,就只好单独放着,如《复仇》、《小芳》。散文部分是这样分的:记人的,写风景的,和人生杂论。

这样的编排说不上有什么道理,只是为了一般读者阅读的方便。这对研究者可能造成一些困难。我不大赞成用"系年"的方法研究一个作者。我活了一辈子,我是一条整鱼(还是活的),不要把我切成头、尾、中段。何况,我是不值得"研究"的。"研究"这个词儿很可怕。

一九九一年十二月二日

致黄裳[1]　一九四八年十一月三十日、十二月一日

黄裳，刚才在一纸夹中检出阁下五月一日来函，即有"北平甚可爱，望不给这个城市所吞没。事实上是有很多人到了北平只剩下晒太阳听鸽子哨声的闲情了"者，觉得很有趣味。

而我今天写的是前两天要写的信。今日所写之信非前两天之信矣，唯写信之意是前两天即有的耳。即在上次信发了之后的一天。事情真有想不到的！我所写《赵四》一文阁下不知以为如何？或者不免觉得其平淡乎？实在是的。因所写的完全是实事。自然主义有时是没有办法的事。我对于所写的东西有一种也许是不够的同情，觉得有一种义务似的要把它写出来。（阁下能因其诚实而不讥笑之乎？）因此觉得没有理由加添或是加深一点东西。而，在我正在对我的工作怀疑起来（这也许是我寄"出"的原因）的时候，警察来谈天，说赵四死了！——我昨天还看见他的？（即我文章最后一段所记）——是的，一觉睡过来，不知道为甚么，死了。警察去

---
[1]　黄裳（一九一九—二○一二），原名容鼎昌，祖籍山东益都（今青州）。散文家、藏书家、高级记者。曾任《文汇报》记者、编辑、编委等职，在戏剧、新闻、出版领域均有建树。

埋他的。明华春掌柜的倒了楣，花了钱，二百多块。我又从警察口中得知他到明华春去，最初是说让他们吃剩下的给他一点吃，后来掌柜的见他挺不错的，就让一起吃了，还跟大家一块分零钱。德启说：没造化！——吃不得好的。我想我的文章势必得加一句了。而我对我的文章忽然没有兴趣起来。我想不要它了。我觉得我顶好是没有写。而我又实是写了。我不能释然于此事。而我觉得应当先告诉你一下。你把它搁着吧，或者得便甚么时候（过一阵子）退给我。或者发表了也可行。反正这是无法十全的事。

若不太麻烦，请在《赵四》原稿上有所增改：

（一）第十页第一段最后，"德启自以为……"以下，加一句"德启很乐天"。

（二）第三或四（？）页，赵四来打千道谢之后，写赵四模样"小小的……"一段最后"他体格结构中有一种精巧"两句抹去，改作"他骨骼很文弱，体重不过九十磅。满面风霜，但本来眉目一定颇清秀。——小时他一定是很得人怜爱的孩子。……"

若不及改动，亦无所谓耳。

阁下于此事件作何种态度？——我简直是麻烦你。

前信说"下次谈旅行的事"，但此刻我心中实无"旅行"。大概还是那个样子。旅行是一种心理，是内在的。不具体，不成为一个事件，除非成为事件的时候，忽然来了，此间熟人近有动身者，类多是突然的。盖今日人被决定得太厉害，每有所动，往往突然耳。突然者，突乎其然，着重在这个"突"字。来上海若重到致远中学教书亦无甚不可耳，然而又觉有许多说不通处！这算是干吗呢。黄永玉曾有信让我上九龙荔枝角乡下去住，说是可以洗海水澡，香港稿费一千字可买八罐到十罐鹰牌炼乳云。我去洗海水澡么，哈哈，有意思得很。而且牛乳之为物，不是很蛊惑人的。然我不是一定不去九龙耳。信至今尚未覆他。他最近的木刻似乎无惊人之进步，我的希望只有更推远一点了。我最近似乎有点跟自己闹着玩儿。但也许还是对浮动的心情加一道封条为愈乎？你知道这个大院子里，晚上怪静的，真是静得"慌"。近复无书可读，唯以写作限制自己耳。

北平已入零下，颇冷。有人送我冰鞋一双，尚未试过大小，似乎忒大了。那好，可以转送大脚人也。物价大跳，但不大妨事，弟已储足一月粮食，两月的烟。前言连烟卷也没得抽了，言之过于惨切，"中国烟丝"一共买过一包耳，所屯积者盖"华芳"牌也。这在北平，颇为奢侈，每一抽上，恒觉不安，婆婆妈妈性情亦难改去也。

昨睡过晚，今天摹了一天的漆器铭文，颇困顿，遂不复书。颇思得佳字笔为阁下书王维与裴迪秀才书一过也。下次

信或可一聊北平文人之情绪。如何？然大盼阁下便惠一书以慰焦渴也。此候
安适

           弟曾祺顿首
           十一月卅日

  巴公想买的《性与性之崇拜》已问不到。该书由文澂阁伙友携来，是替人代卖的，现已不知转往何处去矣，唯当再往问之。

  昨写信未寄，今日乃得廿九日的覆信，觉得信走得实在是快，有如面对矣，为一欣然。拙作的观感已得知矣，不须另说了。阁下评语似甚普通，然甚为弟所中意，唯盼真是那样的耳。稿发不发表皆无所谓，然愿不烦及巴公。一烦及巴公，总觉得不大好似的。弟盖于许多事上仍是未放得开，殊乡气可笑耳。或迳交范泉如何？其应加之一句，一时尚不能得，以原稿不在手头，觉得是写在空虚里一样。或请阁下代笔如何？弟相信得过，当无异议。如能附记两句为一结束，是更佳耳。

  巴家打麻将，阁下其如何？仍强持对于麻将之洁癖乎？弟于此甚有阅历，觉得是一种令人痛苦的东西。他们打牌，

你干吗呢？在一旁抽烟，看报，翻弄新买的残本（勿怪）宋明板书耶？甚念念。意不尽，容当续书。

弟祺顿首
一日

致巴金[1] 一九五〇年十月七日

巴先生：

前两天在我们这儿的图书室里翻了翻《六人》，看了那个后记，觉得很难过，看到您那么悲愤委屈，那么发泄出来……强烈极了，好些天都有那么个印象。……昨天晚上看了一个歌舞晚会，睡得很晚，今天一天精神很兴奋，应当睡午觉的时候睡不着，想着要给您写一封信，想问候问候您。

一直常常想起您。

我不在武汉了，回北京来了。我说是"回"，仿佛北京有我一个根似的，这也就是回来的理由吧。主要的是施松卿的身体不好。我在北京市文联。北京市文联在霞公府十五

---

1 巴金（一九〇四—二〇〇五），原名李尧棠，字芾甘，四川成都人，作家、翻译家。曾任全国政协副主席、中国作家协会主席。

号，——北京饭店后面，您大概晓得那条街的。

章靳以来北京，见到两次，一次是在英雄代表大会上，一次是在吉祥听昆曲。他大概是今天十一点钟的车走吧。我听说劳模英雄是在那一班车走，那他可能一齐走。他大概会谈起听昆曲，因为会谈起卞之琳，谈卞之琳听《游园》。有些话是我告诉他的。不过我后来想还是不要多谈卞之琳的"检讨"的事吧，因为我们知道得不全面，断章取义的可能不好。

昨天那个晚会好极了，是新疆、西南、内蒙、吉林延边四个少数民族文工团联合演出的，超过了北京的和全国的歌舞的水平，靳以要是昨天还没有走，他一定也会谈起的。

听说您下月要来？确么？

曾祺

十月七日

致萧珊[1] 一九六五年七月二十二日

萧珊：

　　杜运燮来问罪，愧受而已。一直想写信，一直没有写。因为忙，而且乱。我没有"一间自己的屋子"，很少有机会能够一个人安静地坐下来。

　　京剧院一团有两个门，其中一个是红的。不过那一带红门很多。写《红灯记》的报道，一定要提到这红门么？

　　《红岩》本寄上。这是个还没有改好的本子。请勿与上海的戏曲界的人看。没有什么看头的。你和小林都会挑出许多毛病。

　　我匆匆归来，一直在改这个本子。原来写的时候是打一块烧红了的铁，现在改是在一块冷却的铁上凿下一些地方再补上，吃力而无功。

　　北京奇热。入晚以后，你们那个宽走廊下想必一定很凉快。

　　听说李先生又到越南去了，他这几年真是给国家做了很多事。

---

[1] 萧珊（一九一七—一九七二），原名陈蕴珍，浙江鄞县（今宁波市鄞州区）人，曾任《上海文学》、《收获》编辑，兼事文学翻译。巴金夫人。作者西南联大时期同学。

就说这些吧。

愿你好!

曾祺

七月廿二日

致涂光群[1] 一九八一年七月二十二日

光群同志:

前寄一信,请代为把《晚饭后的故事》中"倒呛"的"呛"字改为"仓"字;郭庆春细看了科长一下,"发现她是个女人"一句删去。想当达览。

后来又想起一处,即在郭导演与科长结婚后,下面有一括号"(此处略去一段)",这一句也请去掉。

这小说所写的模特儿是我们一个很熟的人,我写时一直颇有顾虑,怕对本人有所伤害。因此,你们发稿前最好寄回来让我看看,或看看校样。

我二十四日应《北京文学》之邀,到青岛去住半个月。

---

1 涂光群(一九三三—二〇一九),湖北黄陂人,历任《人民文学》编辑、编辑部副主任,传记文学杂志社主编、社长。时任《人民文学》编辑。

如有事联系，请在半个月之后。

今年北京奇热，伏案写一短信，即已汗滴纸上。你们终日看稿，其苦可知矣。

敬礼！即候诸相熟同志安好。

汪曾祺
七月廿二日

致汪家明[1] 一九八二年三月二十七日

家明同志：

收到你的热情的信。因为参加优秀短篇小说授奖的会，稍迟复，甚歉。

你对我的作品推崇过甚，愧不敢当。不过你所用的方法，——从历史的角度评价一个作者，我是赞成的。只有从现代文学史和比较文学史的角度来衡量，才能测出一个作家的分量，否则评论文章就是一杆无星秤，一个没有砝码的天

1　汪家明，一九五三年生，出生于山东青岛，曾任山东画报出版社总编辑，三联书店副总编辑、副总经理，中国美术出版总社社长，人民美术出版社社长。时在读于曲阜师范学院（今曲阜师范大学）。

平。一般评论家不是不知道这种方法，但是他们缺乏胆识。他们不敢对活人进行诊断，甚至对死人也不敢直言。只有等某个领导人说了一句什么话，他们才找到保险系数最大的口径，在此口径中"做文章"。所以现在的评论大都缺乏科学性和鲜明性，淡而无味，像一瓶跑了气的啤酒。

从你的来信看，生气虎虎，我相信你是可以写好你的毕业论文的。

我的近作除所开目录外，尚有：

《塞下人物记》《北京文学》八〇年

《天鹅之死》《北京日报》八一年

《黄油烙饼》《新观察》八〇年

《鸡毛》《文汇月刊》八一年

发表在哪一期，已记不清楚。

八二年所写，除《皮凤三楦房子》，尚有：

《王四海的黄昏》 将刊于《小说界》五月号

《鉴赏家》 将刊于《北京文学》五月号

《钓人的孩子》《海燕》近期刊出

八一年五月以前的，都已收入北京出版社的《汪曾祺短篇小说选》（包括《黄油烙饼》和《塞下人物记》）。这个选集大概四月可以出版。出版时我大概不在北京（下月初我将去四川），如样书寄到，我当嘱家人寄一本给你。你的论文将于五月底完成，希望能在这之前寄到。否则，你只好就已看到的几篇来立论了。

评论我的文章除已列者外，尚有：

《读〈受戒〉》　　唐挚，《文艺报》，何期失记

《是诗？是画？》　宁宇《读书》　　今年年初

我自己写的创作谈，尚有三月号的《花溪》上的《揉面》。

六十年代写的三篇小说：《羊舍一夕》（六二年《人民文学》）、《看水》（六三年《北京文学》）、《王全》（六三年《人民文学》），都已收入小说选。

四十年代（四八年），在上海文化生活出版社出过一本《邂逅集》。小说选中选了四篇。

对你的论文，我提不出建议。只是希望写得客观一点，准确一点，而且要留有余地（如拟发表，尤其不能说得过头）。

预祝你写出一篇出色的，漂亮的，有才华的论文！

我身体尚好，只心脏欠佳，然似无大碍，希望还能写几年。承关心，顺告。

你也姓汪，这很好。我大概还有一点宗族观念。不过你的论文如发表，会让人以为同姓人捧场，则殊为不利也！一笑。

匆复,即候近佳!

汪曾祺
三月廿七日

致邓友梅[1] 一九八三年十一月二十四日

友梅:

鼻烟壶[2]写得怎么样了?

有一本鼻烟谱(原书似名《洋烟谱》),好像是赵之谦写的,我曾看过。《香艳丛书》好像收入的。此书你不知看过没有?如未看过,可找来看看。

卖鼻烟的铺子里挂的小横匾上写的字:"可以醒脾"。这是我在长沙一家老鼻烟铺子里见到的,可谓贴切。

廊房头条一家高台阶小门脸的铺子,是专卖鼻烟的。

---
[1] 邓友梅,一九三一年生,祖籍山东平原,出生于天津,作家。
[2] 指邓友梅所作小说《烟壶》,发表于《收获》一九八四年第一期。——编者注

梨园行中人常于早晨遛鸟之后往彼小坐。这家似叫兰什么斋，到处贴的是时慧宝写的魏碑体的字和很俗气的"螃蟹兰"——叶片披纷如蟹脚。

我今日晚往徐州去讲他妈的学。去年他们就来过人。我当时漫应之曰："明年再说吧。"我早已忘得一干二净，不想人家当了真事！以后该断然回绝的事则当断然，不可"漫应"也。徐州好像倒也应该去看看，顺便还到连云港去两天。大概月底可回京。

你们的画我一直记着的。我一直在找一个好的燕子的形象，还没找着。我想把燕子画得很黑，羽毛周围略泛紫光，后面用宋人法画梅。

斤澜荣归作汗漫游，闻尚未回。南方冬冷难耐，不如仍到北京吃涮肉为好。

我近来身体颇佳，肝脏似无问题，3T 正常，转氨酶降至 143。唯觉无所事事，只是看舒克申小说消遣耳。

即候　俪安！

曾祺　顿首
十一月廿四日

致弘征[1] 一九八四年二月六日

弘征同志：

前承惠寄诗集及近寄诗词日历、书签，都已收到。谢谢。

我已搬家，新址是：北京蒲黄榆路九号楼十二层一号。以后联系，请按新址。并请转告出版社负责寄赠刊物的同志。

我去年十一月去了一趟徐州。在这以前写了几篇小说。进十二月就没有写什么。人很闲而身体似颇好。除夜子时，作了一首打油诗，录奉一笑，知我老境尚不颓唐也：

> 六十三年辞我去，
> 随风飘逝入苍霏。
> 此夜欣逢双甲子，
> 何曾惆怅一丁儿。
> 秋花不似春花落，
> 黄鸟时兼白鸟飞。
> 敢于诸君争席地，

---

[1] 弘征，一九三七年生，原名杨衡钟，湖南新化人，历任湖南人民出版社编辑、文艺编辑室副主任，湖南文艺出版社副总编辑、总编辑、社长，《芙蓉》杂志主编。

从今泻酒戒深杯。

颔联是无情对,且是流水对,可谓流水无情对,小游戏耳。

候年禧!

       曾祺　顿首　一月五日[1]

---

[1] 此信标注时间为农历甲子年一月五日,即公历一九八四年二月六日。——编者注

晚饭后的故事

京剧导演郭庆春就着一碟猪耳朵喝了二两酒,咬着一条顶花带刺的黄瓜吃了半斤过了凉水的麻酱面,叼着前门烟,捏了一把芭蕉扇,坐在阳台上的竹躺椅上乘凉。他脱了个光脊梁,露出半身白肉。天渐渐黑下来了。楼下的马缨花散发着一阵一阵的清香。衡水老白干的饮后回甘和马缨花的香味,使得郭导演有点醺醺然了……

郭庆春小时候,家里很穷苦。父亲死得早,母亲靠缝穷维持一家三口的生活,——郭庆春还有个弟弟,比他小四岁。每天早上,母亲蒸好一屉窝头,留给他们哥俩,就夹着一个针线笸箩,上市去了。地点没有定准,哪里穿破衣服的

----
* 初刊于《人民文学》一九八一年第八期,初收于《晚饭花集》。

人多就奔哪里。但总也不出那几个地方。郭庆春就留在家里看着弟弟。他有时也领着弟弟出去玩，去看过妈给人缝穷。妈靠墙坐在街边的一个马扎子上，在闹市之中，在车尘马足之间，在人们的腿脚之下，挣着他们明天要吃的杂和面儿。穷人家的孩子懂事早。冬天，郭庆春知道妈一定很冷；夏天，妈一定很热，很渴，很困。缝穷的冬天和夏天都特别长。郭庆春的街坊、亲戚都比较贫苦，但是郭庆春从小就知道缝穷的比许多人更卑屈，更低贱。他跟着大人和比他大些的孩子学会了说许多北京的俏皮话、歇后语："武大郎盘杠子——上下够不着"，"户不拉喂饭——不正经玩儿"……等等，有一句歇后语他绝对不说，小时候不说，长大以后也不说："缝穷的撒尿——瞅不冷子"。有一回一个大孩子当他面说了一句，他满脸通红，跟他打了一架。那孩子其实是无心说的，他不明白郭庆春为什么生那么大的气。

这个穷苦的出身，日后给他带来了无限的好处。

郭庆春十二三岁就开始出去奔自己的衣食了。

他有个舅舅，是在剧场（那会不叫剧场，叫戏园子，或者更古老一些，叫戏馆子）里"写字"的。写字是写剧场门口的海报，和由失业的闲汉扛着走遍九城的海报牌。那会已有报纸，剧场都在报上登了广告，可是很多人还是看了海报牌，知道哪家剧场今天演什么戏，才去买票的。舅舅的光景比郭家好些，也好不到哪里去。他时常来瞧瞧他的唯一的妹妹。他提出，庆春长得快齐他的肩膀高了（舅舅是个矮子），能把自己吃的窝头挣出来了。舅舅出面向放印子的借了一笔本钱，趸了一担西瓜。郭庆春在陕西巷口外摆了一个西瓜摊，把瓜切成块，卖西瓜。

他穿了条大裤衩，腰里插着一把芭蕉扇，学着吆唤：

"唉，闹块来！

脆沙瓤喂，

赛冰糖喂，

唉，闹块来！……"

他头一回听见自己吆唤，有一种说不出来的新鲜感。他竟能吆唤得那样像。这不是学着玩，这是真事！他的弟弟坐在小板凳上看哥哥做买卖，也觉得很新鲜。他佩服哥哥。晚上，哥俩收了摊子，飞跑回家，把卖得的钱往妈面前一放：

"妈！钱！我挣的！"

妈这天给他们炒了个麻豆腐吃。

这种新鲜感很快就消失了。西瓜生意并不那样好。尤其是下雨天。他恨下雨。

有一天，倒是大太阳，卖了不少钱。从陕西巷里面开出一辆军用卡车，一下子把他的西瓜摊带翻了，西瓜滚了一地。他顾不上看摔破了、压烂了多少，纵起身来一把抓住卡

车挡板后面的铁把手,哭喊着:

"你赔我!你赔我瓜!你赔我!"

卡车不理碴,尽快地往前开。

"你赔我!你赔我瓜!"

他的小弟弟迈着小腿在后面追:

"哥哥!哥哥!"

路旁行人大声喊:

"孩子,你撒手!他们不会赔你的!他们不讲理!孩子,撒手!快撒手!"

卡车飞快地开着,快开到珠市口了。郭庆春的胳臂吃不住劲了。他一松手,面朝下平拍在马路上。缓了半天,才坐起来。脸上、胸脯拉了好些的道道。围了好些人看。弟弟直哭:"哥哥!唔,哥哥!"郭庆春拉着弟弟的手往回走,一面回头向卡车开去的方向骂:"我操你妈!操你臭大兵的妈!"

在水管龙头上冲了冲,用擦西瓜刀的布擦擦脸,他还得做买卖。——他的滚散了的瓜已经有好心的大爷给他捡回来了。他接着吆唤:

"唉,闹块来!

我操你妈!

闹块来!

我操你臭大兵的妈!

闹块来！"

………………

　　舅舅又来了。舅舅听说外甥摔了的事了。他跟妹妹说："庆春到底还小，在街面上混饭吃，还早了点。我看叫他学戏吧。没准儿将来有个出息。这孩长相不错，有个人缘儿，扮上了，不难看。我听他的吆唤，有点膛音。马连良家原先不也是挺苦的吗？你瞧人家这会儿，净吃蹦虾仁！"

　　妈知道学戏很苦，有点舍不得。经舅舅再三开导，同意了。舅舅带他到华春社科班报了名，立了"关书"。舅舅是常常写关书的，写完了，念给妹妹听听。郭庆春的妈听到："生死由命，概不负责。若有逃亡，两家寻找。"她听懂了，眼泪直往下掉。她说："孩子，你要肚里长牙，千万可不能半途而废！我就指着你了。你还有个弟弟！"郭庆春点头，说："妈，您放心！"

　　学戏比卖西瓜有意思！

　　耗顶，撕腿。耗顶得耗一炷香，大汗珠子叭叭地往下滴，滴得地下湿了一片。撕腿，单这个"撕"字就叫人肝颤。把腿楞给撕开，撕得能伸到常人达不到的角度。学生疼得直掉眼泪，抄功的董老师还是使劲地把孩子们的两只小腿往两边掰，毫不怜惜，一面嘴里说："若要人前显贵，必得人后受罪，小子，忍着点！"

接着，开小翻、开虎跳、前扑、蹲毛、倒插虎、乌龙搅柱、拧旋子、练云里翻……

这比卖西瓜有意思。

吃的是棒子面窝头、"三合油"——韭菜花、青椒糊、酱油，倒在一个木桶里，拿开水一沏，这就是菜。学生们都吃得很香。郭庆春在出科以后多少年，在大城市的大旅馆里，甚至在国外，还会有时忽然想起三合油的香味，非常想喝一碗。大白菜下来的时候，就顿顿都是大白菜。有的时候，师父——班主忽然高了兴，在他的生日，或是买了几件得意的古董玉器，就吩咐厨子："给他们炒蛋炒饭！"蛋炒饭油汪汪的，装在一个大缸里，管饱！撑得这些孩子一个一个挺腰凸肚。

师父是个喜怒无常的人。高了兴，给蛋炒饭吃，稍不高兴，就"打通堂"。全科学生，每人十板子，平均对待，无一幸免。这板子平常就供在祖师爷龛子的旁边，谁也不许碰，神圣得很。到要用的时候，"请"下来。掌刑的，就是抄功的董老师。他打学生很有功夫，节奏分明，不紧不慢，轻重如一，不偏不向。师父说一声"搬板凳！"董老师在鼻孔里塞两撮鼻烟，抹了个蝴蝶，用一块大手绢把右手腕子缠住（防止闪了腕子），学生就很自觉地从大到小挨着个儿撩起衣服，趴到板凳上，老老实实，规规矩矩，挨那份内应得的重重的十下。

"打通堂"的原因很多。几个馋嘴师哥把师父买回来放在冰箱里准备第二天吃的熏鸡偷出来分吃了；一个调皮捣蛋的学生在董老师的鼻烟壶里倒进了胡椒面了；一个小学生在台上尿了裤子了……都可以连累大家挨一顿打。

"打通堂"给同科的师兄师弟留下极其甘美的回忆。他们日后聚在一起，常常谈起某一次"打通堂"的经过，彼此互相补充，谈得津津有味。"打通堂"使他们的同学意识变得非常深刻，非常坚实。这对于维系他们的感情，作用比一册印刷精美的同学录要大得多。

一同喝三合油，一同挨"打通堂"，还一同生虱子，一同长疥，三四年很快过去了。孩子们都学会了几出戏，能应堂会，能上戏园子演出了。郭庆春学的是武生，能唱《哪吒闹海》、《蜈蚣岭》、《恶虎村》……（后来他当了教师，给学生开蒙，也是这几出）。因为他是个小白胖子（吃那种伙食也能长胖，真也是奇迹），长得挺好玩，在节日应景戏《天河配》里又总扮一个洗澡的小仙女，因此到他已经四十几岁，有儿有女的时候，旧日的同学还动不动以此事来取笑："你得了吧！到天河里洗你的澡去吧！"

他们每天排着队上剧场。都穿的长衫、棉袍，每天戴着小帽头，夏天露着刮得发青的光脑袋。从科班到剧场，要经过一个胡同。胡同里有一家卖炒疙疸的,掌柜的是个跟郭庆春的妈差不多岁数的大娘,姓许。许大娘特别喜欢孩子,——男孩子。科班的孩子经过胡同时,她总站在门口一个一个地看他们。孩子们也知道许大娘喜欢他们,一个一个嘴很甜,走过跟前,都叫她:

"大娘!"

"哎!"

"大娘!"

"哎!"

许大娘知道科班里吃得很苦,就常常抓机会拉一两个孩子上她铺子里吃一盘炒疙疸。轮流请。华春社的学生几乎全吃过她的炒疙疸。以后他们只要吃炒疙疸,就会想起许大娘。吃的次数最多的是郭庆春。科班学生排队从许大娘铺子门前走过,大娘常常扬声叫庆春:"庆春哪,你放假回家的时候,到大娘这儿弯一下。"——"哎。"

许大娘有个女儿,叫招弟,比郭庆春小两岁。她很爱和庆春一块玩。许大娘家后面有一个很小的院子,院里有一棵马缨花,两盆茉莉,还有几盆草花。郭庆春吃完了炒疙疸(许大娘在疙疸里放了好些牛肉,加了半勺油),他们就在小院里玩。郭庆春陪她玩女孩子玩的抓子儿,跳房子;招弟也陪庆春玩男孩子玩的弹球。谁输了,就让赢家弹一下脑绷,或是拧一下耳朵，刮一下鼻子，或是亲一下。庆春赢了，招弟歪着脑袋等他来亲。庆春只是尖着嘴，在她脸上碰一下。

"亲都不会！饶你一下，重来！"

郭庆春看见招弟耳垂后面有一颗红痣（他头二年就看到了），就在那个地方使劲地亲了一下。招弟格格地笑个不停："痒痒！"

从此每次庆春赢了，就亲那儿。招弟也愿意让他亲这儿。每次都格格地笑，都说"痒痒"。

有一次许大娘看见郭庆春亲招弟，说："哪有这样玩的！"许大娘心里一沉：孩子们自己不知道，他们一天一天大了哇！

渐渐的，他们也知道自己大了，就不再这么玩了。招弟爱瞧戏。她家离戏园子近，跟戏园子的人都很熟，她可以随时钻进去看一会。她看郭庆春的《恶虎村》，也看别人的戏，尤其爱看旦角戏。看得多了，她自己也能唱两段。郭庆春会拉一点胡琴。后两年吃完了炒疙疸，就是庆春拉胡琴，招弟唱"苏三离了洪洞县"、"儿的父去投军无音信"……招弟嗓子很好。郭庆春松了琴弦，合上弓，常说："你该唱戏去的，耽误了，可惜！"

人大了，懂事了。他们有时眼对眼看着，看半天，不说话。马缨花一阵一阵地散发着清香。

许大娘也有了点心事。她很喜欢庆春。她也知道，如果由她做主把招弟许给庆春，招弟是愿意的。可是，庆春日后能成气候么？唱戏这玩意，唱红了，荣华富贵；唱不红，流落街头。等二年再说吧！

残酷的现实把许大娘的这点淡淡的梦砸得粉碎：庆春在快毕业的那年倒了仓，倒得很苦，——一字不出！"子弟无音客无本"，郭庆春见过多少师哥，在科班里是好角儿，一旦倒了仓，倒不过来，拉洋车，卖落花生，卖大碗茶。他惊恐万状，一身一身地出汗。他天不亮就到窑台喊嗓子，他听见自己那一点点病猫一样的嘶哑的声音，心都凉了。夜里做梦，念了一整出《连环套》，"愚下保镖，路过马兰关口……"脆亮响堂，高兴得从床上跳起来。一醒来，仍然是一字不出。祖师爷把他的饭碗收去了，他该怎么办呢？许大娘也知道庆春倒仓没倒过来了。招弟也知道了。她们也反反复复想了许多。

郭庆春只有两条路可走：当底包龙套，或是改行。

郭庆春坐科学戏是在敌伪时期，到他该出科时已经是抗战胜利，国民党中央军来了。"想中央，盼中央，中央来了更遭殃。"物价飞涨，剧场不上座。很多人连赶两包（在两处剧场赶两个角色），也奔不出一天的嚼裹儿。有人唱了一天戏，开的份儿只够买两个茄子，一家几口，就只好吃这两个熬茄子。满街都是伤兵,开口就是"老子抗战八年!"动不动就举起双拐打人。没开戏,他们就坐满了戏园子。没法子,就只好唱一出极其寡淡无味的戏,把他们唱走。有一出戏,叫《老道游山》,就一个角色——老道,拿着云帚,游山。游到哪里,"真好景致也",唱一段,接着再游。没有别的人物,也没有一点故事情节,要唱多长唱多长。这出戏本来是评剧唱,后来京剧也唱。唱得这些兵大爷不耐烦了:"他妈的,这叫什么戏!"一哄而去。等他们走了,再开正戏。

很多戏曲演员都改了行了。郭庆春的前几科的师哥,有的到保定、石家庄贩鸡蛋,有的在北海管租船,有的卖了糊盐,——盐炒糊了,北京还有极少数人家用它来刷牙,可是这能卖几个钱?……

有嗓子的都没了辙了,何况他这没嗓子的。他在科班虽然不是数一数二的好角儿,可是是能唱一出的。当底包龙套,他不甘心!再说,当底包龙套也吃不饱呀!郭庆春把心一横:干脆,改行!

春秋两季,拉菜车,从广渠门外拉到城里。夏天,卖西瓜。冬天,卖柿子。一车青菜,两千多斤。头几回拉,累得他要吐血。咬咬牙,也就挺过来了。卖西瓜,是他的老行当。西瓜摊还是摆在陕西巷口外。因为嗓子没音,他很少吆唤。但是人大了，有了经验，隔皮知瓤，挑来的瓜个个熟。西瓜片切得很薄，显得块儿大。木板上铺了蓝布，潲了水，显着这些瓜鲜亮水淋，嗞嗞地往外冒着凉气。卖柿子没有三天的"力笨"，人家咋卖咱咋卖。找个背风的旮旯儿，把柿子挨个儿排在地上，就着路灯的光，照得柿子一个一个黄橙橙的，饱满鼓立，精神好看，谁看了都想到围着火炉嚼着带着冰碴的凉柿子的那股舒服劲儿。卖柿子的怕回暖，尤其怕刮风。一刮风，冻柿子就流了汤了。风再把尘土涂在柿子皮上，又脏又黑，满完！因此，郭庆春就盼着一冬天都是那么干冷干冷的。

卖力气，做小买卖，不丢人！街坊邻居不笑话他。他的还在唱戏和已经改了行的师兄弟有时路过，还停下来跟他聊一会。有的师哥劝他别把功撂下，早上起来也到陶然亭喊两嗓子。说是有人倒仓好几年，后来又缓过来的。没准儿，有那一天，还能归到梨园行来。郭庆春听了师哥的话，间长不短的，耗耗腿，拉拉山膀，无非是解闷而已。

郭庆春没有再去看许大娘。他拉菜车、卖西瓜、卖柿子，不怕碰见别的熟人，可就怕碰见许大娘母女。听说，许大娘搬了家了，搬到哪里，他也没打听。北京城那样大，人一分开，就像树上落下两片叶子，风一吹，各自西东了。

北京城并不大。

一天晚上，干冷干冷的。郭庆春穿了件小棉袄，蹲在墙旮旯。地面上的冷气从裆下一直透进他的后脊梁。一辆三轮车蹬了过来，车上坐了一个女的。

"三轮，停停。"

女的揭开盖在腿上的毛毯，下了车。

"这柿子不错，给我包四个。"

她扔下一条手绢，郭庆春挑了四个大的，包上了。他抬起头来，把手绢往上递：是许招弟！穿了一件长毛绒大衣。

许招弟一看，是郭庆春。

"你……这样了！"

郭庆春把脑袋低了下去。

许招弟把柿子钱丢在地下，坐上车，走了。

转过年来，夏天，郭庆春在陕西巷口卖西瓜，正吆唤着（他嗓子有了一点音了），巷里走出一个人来：

"卖西瓜的，递两个瓜来。——要好的。"

"没错！"

郭庆春挑了两个大黑皮瓜，对旁边的纸烟阁子的掌柜说："劳您驾，给照看一下瓜摊。"——"你走吧。"郭庆春跟着要瓜的那人走，到了一家，这家正办喜事。堂屋正面挂着大红双喜幔帐，屋里屋外一股炮仗硝烟气味。两边摆着两桌酒。已经行过礼，客人入席了。郭庆春一看，新娘子是许招弟！她烫了发，抹了胭脂口红，耳朵下垂着水钻坠子。郭庆春把两个瓜放在旁边的小方桌上，拔腿就跑。听到后面有人喊：

"卖西瓜的，给你瓜钱！"

这是一个张恨水式的故事，一点小市民的悲欢离合。这样的故事在北京城每天都有。

北京解放了。

解放，使许多人的生活发生了急转直下的变化。许多故事产生了一个原来意想不到的结尾。

郭庆春万万没有想到，他会和一个老干部，一个科长结了婚，并且在结婚以后变成现在的郭导演。

北京解放以后，物价稳定，没有伤兵，剧场上座很好。很多改了行的演员又纷纷搭班唱戏了。他到他曾经唱过多次戏的剧场去听过几次蹭戏，紧锣密鼓，使他兴奋激动，筋肉伸张。随着锣经，他直替台上的同行使劲。

一个外地剧经到北京来约人。那个贩卖鸡蛋的师哥来找郭庆春：

"庆春，他们来找了我。我想去。我提了你。北京的戏不好唱。咱先到外地转转。你的功底我知道，这些年没有全撂下，稍稍练练，能捡回来。听你吆唤，嗓子出来了。咱们一块去吧。学了那些年,能就扔下吗?就你那几出戏,管保能震他们一下子。"

郭庆春沉吟了一会,说:"去!"

到了那儿,安顿下了,剧团团长领他们几个新从北京约来的演员去见见当地文化局的领导。戏改科的杨科长接见了他们。杨科长很忙,一会儿接电话,一会在秘书送来的文件收文簿上签字,显得很果断,很有气魄。杨科长勉励了他们几句,说他们是剧团的"新血液",希望他们发挥自己的专长,为人民服务。郭庆春连连称是。他对杨科长油然产生一种敬重之情。一个女的,能当科长,了不起!他觉得杨科长的举止动作,言谈话语,都像一个男人,不像是个女的。

重返舞台,心情紧张。一生成败,在此一举。三天"打炮",提心吊胆。没有想到,一"炮"而红。他第一次听到台下的掌声,好像在做梦。第三天《恶虎村》,出来就有碰头好。以后"四记头"亮相,都有掌声。他扮相好,身上规矩,在台上很有人缘。他也的确是"卯上"了。经过了生活上的一番波折,他这才真正懂得在进科班时他妈跟他说的话:"要肚里长牙。"他在台上从不偷工惜力,他深深知道把戏唱砸了,出溜下来,会有什么后果。他的戏码逐渐往后挪,从开场头一二出挪到中间,又挪到了倒第二。他很知足了,这就到了头。在科班时他就知道自己唱不了大轴,不是那材料。一个人能吃几碗干饭，自己清楚，别人也清楚。

杨科长常去看京剧团的戏。一半由于职务，一半出于爱好。他万万没有想到，她后来竟成了他的爱人。

郭庆春在阳台上忽然一个人失声笑了出来。他的女儿在屋里问："爸爸，你笑什么？"

他笑他们那个讲习会。市里举办了第一届全市旧艺人讲习会。局长是主任，杨科长是副主任。讲《新民主主义论》、社会发展史、政治经济学。小组讨论，真是笑话百出。杨科长一次在讲课时说："列宁说过……"一个拉胡琴的老艺人问："列宁是唱什么的？"——"列宁不是唱戏的。"——"哦，不是唱戏的，那咱们不知道。"又有一次，杨科长鼓励大家要有主人翁思想，这位老艺人没有听明白前言后语，站起来说："咱们是从旧社会来的，什么坏思想都有，就这主人翁思想，咱没有！"原来他以为主人翁思想就是想当班主的思想。

讲习会要发展一批党员。郭庆春被列为培养对象。杨科长时常找他个别谈话。鼓励他建立革命人生观，提高阶级觉悟，提高政治水平，要在政治上有表现，会上积极发言。郭庆春很认真也很诚恳地照办了。他大小会都发言。讲的最多的是新旧社会对比。他有切身感受，无须准备，讲得很真实，很生动。同行的艺人多有类似经历，容易产生共鸣。讲的人、听的人个个热泪盈眶，效果很好。讲习班结业时，讨论发展党员名单，他因为出身好，政治表现突出，很顺利地通过了。他的入党介绍人是杨科长和局长。

第一批发展的党员，回到剧团，全都成了剧团的骨干。郭庆春被提升为副团长、艺委会主任。

因为时常要到局里请示汇报工作，他和杨科长接触的机会就更多了。熟了，就不那么拘谨了，有时也说点笑话，聊点闲天。局里很多人叫杨科长叫杨大姐或大姐，郭庆春也随着叫。虽然叫大姐，他还是觉得大姐很有男子气。

没想到，大姐提出要跟他结婚。他目瞪口呆，结结巴巴，不知说什么好。他觉得和一个领导结婚，简直有点乱伦的味道，他想也没有想过。天地良心，他在大姐面前从来没有起过邪念。他当然同意。

杨科长的老战友们听说她结了婚，很诧异。听说是和一个京剧演员结婚，尤其诧异。她们想：她这是图什么呢？她喜欢他什么？

虽然结了婚，他们的关系还是上下级。不论是在工作上，在家里，她是领导，他是被领导。他习惯于"服从命令听指挥"，觉得这样很舒服，很幸福。

杨科长是个目光远大的人，她得给庆春（和她自己）安排一个远景规划的蓝图。庆春目前一切都很顺利，但要看到下一步。唱武生的，能在台上蹦跶多少年呢？照戏班里的说法，要找一个"落劲"。中央戏剧学院举办导演训练班，学员由各省推荐。市里分到一个名额，杨科长提出给郭庆春，科里、局里都同意。郭庆春在导演训练班学了两年，听过苏联专家的课，比较系统地知道斯坦尼斯拉夫斯基体系。毕业之后，回到剧团，大家自然刮目相看。这个剧团原来没有导演，要排新戏，排《三打祝家庄》、《红娘子》，不是向外地剧团学，"刻模子"，就是请话剧团的导演来排。郭庆春学成归来，就成了专职导演。剧团里的人，有人希望他露两手，有人等着看他的笑话。接连排了两个戏，他全"拿"下来了。他并没有用一些斯坦尼的术语去唬人，他知道那样会招人反感。他用一些戏曲演员所熟悉，所能接受的行话临场指挥。比如，他不说"交流"，却说"过电"，——"你们俩得过电哪！"他不说什么"情绪的记忆"这样很玄妙的词儿，他只说是"神气"。"你要长神气。——长一点，再长一点！"他用的舞台调度也无非还是斜胡同、蛇蜕皮……但是变了一下，就使得演员既"过得去"、"走得上来"，又觉得新鲜。郭导演的威信建立起来了。从此，他不上舞台了。有时，有演员病了，他上去顶一角，人们就要竖大拇指："瞧人家郭导演，

晚饭后的故事

不拿导演架子！好样儿的！"

不但在本剧团，外剧团也常请他。京剧、评剧、梆子，他全导过。一通百通，应付裕如。他导的戏，已经不止一出拍成了戏曲艺术片。"郭庆春"三个字印在影片的片头，街头的广告上。

他不会再卖西瓜，卖柿子了。

他曾经两次参加戏剧代表团出国，到过东欧、苏联，到过朝鲜。他听了曾经出过国的师哥的建议，带了一包五香粉，一盒固体酱油，于是什么高加索烤羊肉、带血的煎牛排，他都能对付。他很想带一罐臭豆腐，经同行团员的劝阻，才没有带。量服装的时候，问他大衣要什么料子，他毫不迟疑地说："长毛绒！"服装厂的同志说在外国，男人没有穿长毛绒的，这才改为海军呢。

他在国外照了好多照片，黑白的，还有彩色的。他的爱人一张一张地贴在仿古缎面的相册上。这些照片上的郭庆春全都是器宇轩昂，很像个大导演。

由于爱人的活动（通过各种"老战友"的关系），他已经调到北京的剧团里来了。他的母亲还健在。他的弟弟由于他的资助，上了学，现在在一家工厂当出纳。他有了一个女儿，已经上小学了。他有一套三居室的单元。他在剧团里自然也有气儿不顺的时候：为一个戏置景置装的费用，演员的"人位"，和领导争得面红耳赤，摔门，拍桌子；偶尔有很"葛"的演员调皮捣蛋"吊腰子"，当面顶撞，出言不逊，气得他要休克，但是这样的时候不多，一年也只是七八次。总的说来，一切都很顺利。他对自己的生活很满意。因为满意，就没有理由不发胖，于是就发胖了。

他的感情是平稳的、柔软的、滑润的，像一块奶油（从国外回来，他养成爱吃奶油的习惯）。

今天遇见了一件事，使他的情绪有一点小小的波动。

剧团招收学员，他是主考。排练厅里摆了一张乒乓案子，几把椅子。他坐在正中的一把上。像当初他进科班时被教师考察一样，一个一个考察着来应试的男孩子、女孩子。看看他们的相貌，体格，叫他们唱两句，拉一个山膀，踢踢腿，——来应试的孩子多半在家里请人教过，都能唱几句，走几个"身上"。然后在名单上用铅笔做一些记号。来应试的女孩子里有一个叫于小玲。这孩子一走出来，郭庆春就一愣，这孩长得太像一个人了。他有点走神。于小玲的唱（她唱的是"苏三离了洪洞县"），所走的"身子"，他都没有认真地听，看，名单上于小玲的名字底下，什么记号也没有做。

学员都考完了，于小玲往外走。郭庆春叫住她：

"于小玲。"

于小玲站住：

"您叫我?"

"……你妈姓什么?"

"姓许。"

没错,是许招弟的女儿。

"你爸爸……对,姓于。他还好吗?"

"我爸死了,有五年了。"

"你妈挺好?"

"还可以。"

"……她还是那样吗?"

"您认得我妈?"

"认得。"

"我妈就在外面。妈——!"

于小玲走出排练厅,郭庆春也跟着走出来。

迎面走过来许招弟。

许招弟还那样,只是憔悴瘦削,显老了。

"妈,这是郭导演。"

许招弟看着郭庆春,很客气地称呼一声:

"郭导演!"

郭庆春不知怎么称呼她好,也不能像小时候一样叫她招弟,只好含含糊糊地应了一声,问道:

"您倒好?"

"还凑合。"

"多年不见了。"

"有年头了。——这孩子,您多关照。"

"她不错。条件挺好。"

"回见啦。"

"回见!"

许招弟领着女儿转身走了。郭庆春看见她耳垂后面那颗红痣,有些怅惘。

以上,是京剧导演郭庆春在晚饭之后,微醺之中,闻着一阵一阵的马缨花的香味时所想的一些事。想的时候自然是飘飘忽忽,断断续续的。如果用意识流方法照实地记录下来,将会很长。为省篇幅,只能挑挑拣拣,加以剪裁,简单地勾出一个轮廓。

郭导演想:……一个人走过的路真是很难预料。如果不是解放了,他会是什么样子呢?也许还是卖西瓜、卖柿子、拉菜车?……如果他出科时不倒仓,又会是什么样子呢?也许他就唱红了,也许就会和许招弟结了婚。那么于小玲就会是他的女儿,她会不姓于,而姓郭?……

他正在这样漫无边际地想下去,他的女儿在屋里娇声喊道:

"爸，你进来，我要你！"

正好夹在手里的大前门已经吸完，烟头烧痛了他的手指，他把烟头往楼下的马缨花树帽上一扔，进屋去了。

第二天，郭导演上午导了一场戏，中午，几个小青年拉他去挑西瓜。

"郭导演，给我们挑一个瓜。"

"去一边去！当导演的还管挑西瓜呀！"

但还是被他们连推带拽地去了。他站在一堆西瓜前面巡视一下，挑了一个，用右手大拇指按在瓜皮上，用力往前一蹭，放在耳朵边听一听，轻轻拍一下：

"就这个！保证脆沙瓤。生了，瘪了，我给钱！"

他抄起案子上的西瓜刀，一刀切过去，只听见咯喳一声，瓜裂开了：薄皮、红瓤、黑籽。

卖瓜的惊奇地问：

"您卖过瓜？"

"我卖瓜的那阵，还没有你哪！哈哈哈哈……"

他大笑着走回剧团。谁也不知道他的笑声里包含了多少东西。

过了几天，招考学员发了榜，于小玲考取了。人们都说，是郭导演给她使了劲。

云致秋行状

云致秋是个乐天派，凡事看得开，生死荣辱都不太往心里去，要不他活不到他那个岁数。

我认识致秋时，他差不多已经死过一次。肺病。很严重了。医院通知了剧团，剧团的办公室主任上他家给他送了一百块钱。云致秋明白啦：这是让我想叫点什么吃点什么呀！——吃！涮牛肉，一天涮二斤。那阵牛肉便宜，也好买。卖牛肉的和致秋是老街坊，"发孩"，又是个戏迷，致秋常给他找票看戏。他知道致秋得的这个病，就每天给他留二斤嫩的，切得跟纸片儿似的，拿荷叶包着，等着致秋来拿。致秋把一百块钱牛肉涮完了，上医院一检查，你猜怎么着：好啦！大夫直纳闷：这是怎么回事呢？致秋说："我的火炉子

* 初刊于《北京文学》一九八三年第十一期，初收于《晚饭花集》。

好!"他说的"火炉子"指的是消化器官。当然他的病也不完全是涮牛肉涮好了的,组织上还让他上小汤山疗养了一阵。致秋说:"还是共产党好啊!要不,就凭我,一个唱戏的,上小汤山,疗养——姥姥!"肺病是好了,但是肺活量小了。他说:"我这肺里好些地方都是死膛儿,存不了多少气!"上一趟四楼,到了二楼,他总得停下来,摆摆手,意思是告诉和他一起走的人先走,他缓一缓,一会就来。就是这样,他还照样到楼梓庄参加劳动,到番字牌搞四清,上井冈山去体验生活,什么也没有落下。

除了肺不好,他还有个"犯肝阳"的毛病。"肝阳"一上来,两眼一黑,什么都看不见了。他从口袋里摸出一个干辣椒(他口袋里随时都带几个干辣椒)放到嘴里嚼嚼,闭闭眼,一会就好了。他说他平时不吃辣,"肝阳"一犯,多辣的辣椒嚼起来也不辣。这病我没听说过,不知是一种什么怪病。说来就来,一会儿又没事了。原来在起草一个什么材料,戴上花镜接碴儿下笔千言离题万里地写下去;原来在给人拉胡琴说戏,把合上的弓子抽开,定定弦,接碴儿说;原来在聊天,接碴儿往下聊。海聊穷逗,谈笑风生,一点不像刚刚犯过病。

致秋家贫,少孤。他家原先开一个小杂货铺,不是唱戏的，是外行。——梨园行把本行以外的人和人家都称为"外行"。"外行"就是不是唱戏的，并无褒贬之意。谁家说了一门亲事，俩老太太遇见了，聊起来。一个问："姑娘家里是干什么的？"另一个回答是干嘛干嘛的，完了还得找补一句："是外行。"为什么要找补一句呢？因为梨园行的嫁娶，大都在本行之内选择。门当户对，知根知底。因此剧团的演员大都沾点亲，"论"得上，"私底下"都按亲戚辈分称呼。这自然会影响到剧团内部人跟人的关系。剧团领导曾召开大会反过这种习气，但是到了还是没有改过来。

致秋上过学，读到初中，还在青年会学了两年英文。他文笔通顺，字也写得很清秀，而且写得很快。照戏班里的说法是写得很"溜"。他有一桩本事，听报告的时候能把报告人讲的话一字不落地记下来。他曾在邮局当过一年练习生，后来才改了学戏。因此他和一般出身于梨园世家的演员有些不同，有点"书卷气"。

原先在致兴成科班。致兴成散了，他拜了于连萱。于先生原先也是"好角"，后来塌了中[1]，就不再登台，在家教戏为生。

那阵拜师学戏，有三种。一种是按月致送束脩的。先生按时到学生家去，或隔日一次，或一个月去个十来次。一

---

[1] 中年嗓子失音，谓之"塌中"。

种本来已经坐了科，能唱了，拜师是图个名，借先生一点"仙气"，到哪儿搭班，一说是谁谁谁的徒弟，"那没错！"台上台下都有个照应。这就说不上固定报酬了，只是三节两寿——五月节，八月节，年下，师父、师娘生日，送一笔礼。另一种，是"写"给先生的。拜师时立了字据。教戏期间，分文不取。学成之后，给先生效几年力。搭了班，唱戏了，头天晚上开了戏份——那阵都是当天开份，戏没有打住，后台管事都把各人的戏份封好了，第二天，原封交给先生。先生留下若干，下剩的给学生。也有的时候，班里为了照顾学生，会单开一个"小份"，另外封一封，这就不必交先生了。先生教这样的学生，是实授的，真教给东西。这种学生叫做"把手"的徒弟。师徒之间，情义很深。学生在先生家早晚出入，如一家人。

云致秋很聪明，摹仿能力很强，他又有文化，能抄本子，这比口传心授自然学得快得多，于先生很喜欢他。没学几年，就搭班了。他是学"二旦"的，但是他能唱青衣，——一般二旦都只会花旦戏，而且文的武的都能来，《得意缘》的郎霞玉，《银空山》的代战公主，都行。《四郎探母》，他的太后。——那阵班里派戏，都有规矩。比如《探母》，班里的旦角，除了铁镜公主，下来便是萧太后，再下来是四夫人，再下来才是八姐、九妹。谁来什么，都有一定。所开戏份，自有差别。致秋唱了几年戏，不管搭什么班，只要唱《探母》，太后都是他的。

致秋有一条好嗓子。据说年轻时扮相不错，——我有点怀疑。他是一副窄长脸，眼睛不大，鼻子挺长，鼻子尖还有点翘。我认识他时，他已经是干部，除了主演特忙或领导上安排布置，他不再粉墨登场了。我一共看过他两出戏：《得意缘》和《探母》。他那很多地方是死腔肺里的氧气实在不够使，我看他扮着郎霞玉，拿着大枪在台上一通折腾，不停地呼哧呼哧喘气，真够他一呛！不过他还是把一出《得意缘》唱下来了。《探母》那回是"大合作"，在京的有名的须生、青衣都参加了，在中山公园音乐堂。那么多的"好角"，可是他的萧太后还真能压得住，一出场就来个碰头好。观众也有点起哄。一来，他确实有个太后的气派，"身上"，穿着花盆底那两步走，都是样儿；再则，他那扮相实在太绝了。京剧演员扮戏，早就改了用油彩。梅兰芳、程砚秋、尚小云，后来都是用油彩。他可还是用粉彩，鹅蛋粉、胭脂，眉毛描得笔直，樱桃小口一点红，活脱是一幅"同光十三绝"，俨然陈德霖再世。

云致秋到底为什么要用粉彩化妆，这是出于一种什么心理，我一直没有捉摸透。问他，他说："粉彩好看！油彩哪有粉彩精神呀！"这是真话么？这是标新（旧）立异？玩世不恭？都不太像。致秋说："粉彩怎么啦，公安局管吗？"公安局不管，领导上不提意见，就许他用粉彩扮戏。致秋是个凡事从众随俗的人，有的时候，在无害于人，无损于事的情况下，也应该容许他发一点小小的狂。这会使他得到一点快乐，一点满足："这就是我——云致秋！"

致秋有个习惯，说着说着话，会忽然把眉毛、眼睛、鼻子"纵"在一起，嘴唇紧闭；然后又用力把嘴张开，把眼睛鼻子挣回原处。这是用粉彩落下的毛病。小时在科班里，化妆，哪儿给你准备蜜呀，用一大块冰糖，拿开水一沏，师父给你抹一脸冰糖水，就往上扑粉。冰糖水干了，脸上绷得难受，老想活动活动肌肉，好松快些，久而久之，成了习惯，几十年也改不了。看惯了，不觉得。生人见面，一定很奇怪。我曾跟致秋说过："你当不了外交部长！——接见外宾，正说着世界大事，你来这么一下，那怎么行？"致秋说："对对对，我当不了外交部长！——我会当外交部长吗？"

致秋一辈子走南闯北，跑了不少码头，搭过不少班，"傍"过不少名角。他给金少山、叶盛章、唐韵笙都挎过刀[1]。他会的戏多，见过的也多，记性又好，甭管是谁家的私房秘本，什么四大名旦，哪叫麒派、马派，什么戏缺人，他都来顶一角，而且不用对戏，拿起来就唱。他很有戏德，在台上

1　当主要配角，叫做"挎刀"。

保管能把主角傍得严严实实，不撒汤，不漏水，叫你唱得舒舒服服。该你得好的地方，他事前给你垫足了，主角略微一使劲，"好儿"就下来了；主角今天嗓音有点失润，他也能想法帮你"遮"过去，不特别"卯上"，存心"啃"你一下。临时有个演员，或是病了，或是家里出了点事，上不去，戏都开了，后台管事急得乱转："云老板，您来一个！""救场如救火"，甭管什么大小角色，致秋二话不说，包上头就扮戏。他好说话。后台嘱咐"马前"，他就可以掐掉几句；"马后"，他能在台上多"绷"一会。有一次唱《桑园会》，老生误了场，他的罗敷，愣在台上多唱出四句大慢板！——临时旋编词儿。一边唱，一边想，唱了上句，想下句。打鼓佬和拉胡琴的直纳闷：他怎还唱呀！下来了，问他："您这是哪一派？"——"云派！"他聪明，脑子快，能"钻锅"，没唱过的戏，说说，就上去了，还保管不会出错。他台下人缘也好。从来不"拿糖"、"吊腰子"。为了戏份、包银不合适，临时把戏"砍"下啦，这种事他从来没干过。戏班里的事，也挺复杂，三叔二大爷，师兄，师弟，你厚啦，我薄啦，你鼓啦，我瘪啦，仨一群，俩一伙，你踩和我，我挤兑你，又合啦，又"咧"啦……经常闹纠纷。常言说："宁带千军，不带一班。"这种事，致秋从来不往里掺和。戏班里流传两句"名贤集"式的处世格言，一是"小心干活，大胆拿钱"，一是"不多说，不少道"，致秋是身体力行的。他爱说，但都是海聊穷逗，从不勾心斗角，播弄是非。因此，从南到北，都愿意用他，来约的人不少，他在家赋闲当"散仙"的时候不多。

他给言菊朋挂过二牌，有时在头里唱一出，也有时陪着言菊朋唱唱《汾河湾》一类的"对儿戏"。这大概是云致秋的艺术生涯登峰造极的时候了。

我曾问过致秋："你为什么不自己挑班？"致秋说："有人撺掇过我。我也想过。不成，我就这半碗。唱二路，我有富裕，挑大梁，我不够。不要小鸡吃绿豆，强努。挑班，来钱多，事儿还多哪。挑班，约人，处好了，火炉子，热烘烘的；处不好，'虱子皮袄'，还得穿它，又咬得慌。还得到处请客、应酬、拜门子，我淘不了这份神。这样多好，我一个唱二旦的，不招风，不惹事。黄金荣、杜月笙、袁良、日本宪兵队，都找寻不到我头上。得，有碗醋卤面吃就行啦！"

致秋在外码头搭班唱戏了，所得包银，就归自己了。不过到哪儿，回北京，总得给于先生带回点什么。于先生病故，他出钱买了口好棺材，披麻戴孝，致礼尽哀。

攒了点钱，成了家。媳妇相貌平常，但是性情温厚，待致秋很好，净变法子给他做点好吃的，好让他的"火炉子"烧得旺旺的。

跟云致秋在一起，呆一天，你也不会闷得慌。他爱聊天，也会聊。他的聊天没有什么目的。聊天还有什么目的？——有。有人爱聊，是在显示他的多知多懂。剧团有一位就是这样，他聊完了一段，往往要来这么几句："这种事你们哪知道啊！爷们，学着点吧！"致秋的爱聊，只是反映出他对生活，对人，充满了近于童心的兴趣。致秋聊天，极少臧否人物。"闲谈莫论人非"，他从不发人阴私，传播别人一点不大见得人的秘闻，以博大家一笑。有时说到某人某事，也会发一点善意的嘲笑，但都很有分寸，决不流于挖苦刻薄。他的嘴不损。他的语言很生动，但不装腔作势，故弄玄虚。有些话说得很逗，但不是"膈肢"人，不"贫"。他走南闯北，知道的事情很多，而且每个细节都记得非常清楚，——这真是一种少有的才能，一个小说家必备的才能！这事发生在哪一年，那年洋面多少钱一袋；是樱桃、桑椹下来的时候，还是韭花开的时候，一点错不了。我写过一个关于裘盛戎的剧本，把初稿送给他看过，为了核对一些事实，主要是盛戎到底跟杨小楼合演过《阳平关》没有。他那时正在生病，给我写了一个字条：

"盛戎和杨老板合演《阳平关》实有其事。那是一九三五年，盛戎二十，我十七。在华乐。那天杨老板的三出。头里一出是朱琴心的《采花赶府》（我的丫环）。盛戎那时就有观众，一个引子满堂好。……"

这大概是致秋留在我这里的唯一的一张"遗墨"了。头些日子我翻出来看过，不胜感慨。

致秋是北京解放后戏曲界第一批入党的党员。在第一届戏曲演员讲习会的时候就入党了。他在讲习会表现好，他有文化，接受新事物快。许多闻所未闻的革命道理，他听来很新鲜，但是立刻就明白了，"是这么个理儿！"许多老艺人对"猴变人"，怎么也想不通。在学习"谁养活谁"时，很多底包演员一死儿认定了是"角儿"养活了底包。他就掰开揉碎地给他们讲，他成了一个实际上的学习辅导员，——虽然讲了半天，很多老艺人还是似通不通。解放，对于云致秋，真正是一次解放，他的翻身感是很强烈的。唱戏的不再是"唱戏低"了，不是下九流了。他一辈子傍角儿。他和挑班的角儿关系处得不错，但他毕竟是个唱二旦的，不能和角儿平起平坐。"是龙有性"，角儿都有角儿的脾气。角儿今天脸色不好，全班都像顶着个雷。入了党，致秋觉得精神上长了一块，打心眼儿里痛快。"从今往后，我不再傍角儿！我傍领导！傍组织！"

他回剧团办过扫盲班。这个"盲"真不好扫呀。

舞台工作队有个跟包打杂的，名叫赵旺。他本叫赵旺财。《荷珠配》里有个家人，叫赵旺，专门伺候员外吃饭。员外后来穷了，还是一来就叫"赵旺！——我要吃饭了"。"赵旺"和"吃饭"变成了同义语。剧团有时开会快到中午了，有人就提出："咱们该赵旺了吧！"这就是说：该吃饭了。大家就把赵旺财的财字省了，上上下下都叫他赵旺。赵旺出身很苦（他是个流浪孤儿，连自己的出生年月都不知道），又是"工人阶级"，"文化大革命"中就成了几个战斗组争相罗致的招牌，响嘡嘡的造反派。

就是这位赵旺老兄，曾经上过扫盲班。那时扫盲没有新课本，还是沿用"人手足刀尺"。云致秋在黑板上写了个"足"字，叫赵旺读。赵旺对着它相了半天面。旁边有个演员把脚伸出来，提醒他。赵旺读出来了："鞋！"云致秋摇摇头。那位把鞋脱了，赵旺又读出来了："哦，袜子。"云致秋又摇摇头。那位把袜子也脱了，赵旺大声地读了出来："脚巴丫子！"

（云致秋想：你真行！一个字会读成四个字！）

扫盲班结束了，除了赵旺，其余的大都认识了不少字，后来大都能看《北京晚报》了。

后来，又办了一期学员班。

学员班只有三个人是脱产的，都是从演员里抽出来的，一个贾世荣,是唱里子老生的,一个云致秋,算是正副主任。还有一个看功的老师马四喜。

马四喜原是唱武花脸的,台上不是样儿,看功却有经验。他父亲就是在科班里抄功的。他有几个特点。一是抽关东烟,闻鼻烟,绝对不抽纸烟。二是肚子里很宽,能读"三列国"、《永庆升平》、《三侠剑》,倒背如流。另一个特点是讲话爱用成语,又把成语的最后一个字甚至几个字"歇"掉。他在学员练功前总要讲几句话:

"同志们,你们可都是含苞待,大家都有锦绣前!这练功,一定要硬砍实,可不能偷工减!千万不要少壮不,将来可就要老大徒啦!——踢腿!走!"

贾世荣是个慢性子,什么都慢。台上一场戏,他一上去,总要比别人长出三五分钟。他说话又喜欢咬文嚼字,引经据典。所据经典,都是戏。他跟一个学员谈话,告诫他不要骄傲:"可记得关云长败走麦城之故耳?……"下面就讲开了《走麦城》。从科班到戏班,除此以外,他哪儿也没去过。不知道谁的主意,学员班要军事化。他带操,"立正!报数!齐步走!"这都不错。队伍走到墙根了,他不叫"左转弯走"或"右转弯走",也不知道叫"立定",一下子慌了,就大声叫:"吁……!"云致秋和马四喜也跟在队后面走。马四喜炸了:"怎么碴!把我们全当成牲口啦!"

贾世荣和马四喜各执其事，不负全面责任，学员班的一切行政事务，全面由云致秋一个人操持。借房子，招生，考试，政审，请教员。谁的五音不全，谁的上下身不合。谁正在倒仓，能倒过来不能。谁的半月板扭伤了，谁撕裂了韧带，请大夫，上医院。男生干架，女生斗嘴……事无巨细，都得要管。每天还要说戏。凡是小嗓的，他全包了，青衣、花旦、刀马，唱做念打，手眼身法步，一招一式地教。

学员班结业，举行了汇报演出。剧团的负责人，主要演员都到场看了，——一半是冲着云致秋的面子去的。"咱们捧捧致秋！办个学员班，不易！"——"捧捧！"党委书记讲话，说学员班办得很有成绩，为剧团输送了新的血液。实际上是输送了一些"院子过道"、宫女丫环。真能唱一出的，没有两个。当初办学员班，目的就在招"院子过道"、宫女丫环，没打算让他们唱一出。这一期学员，后来在"文化大革命"中可没少热闹。

致秋后来又当了一任排练科长。排练科是剧团最敏感的部门。演员们说，剧团只有两件事是"过真格"的。一是"拿顶"。"拿顶"就是领工资，——剧团叫"开支"。过去领工资不兴签字，都要盖戳。戳子都是字朝下，如拿顶，故名"戳子拿顶"。一简化，就光剩下"拿顶"了。"嗨，快去，拿顶来！"另一件，是排戏。一个演员接连排出几出戏，观众认可了，噌噌噌，就许能红了。几年不演戏，本来有两下子的，就许窝了回去。给谁排啦，不给谁排啦，派谁什么角色啦，讨俏不讨俏，费力不费力，广告上登不登，戏单上有没有名字……剧团到处喊喊喳喳，交头接耳，咬牙跺脚，两眼发直，整天就是这些事儿。排练科长，官不大，权不小。权这个东西是个古怪东西，人手里有它，就要变人性。说话调门儿也高啦，用的字眼儿也不同啦，神气也变啦。谁跟我不错，"好，有在那里！"谁得罪过我，"小子，你等着吧，只要我当一天科长，你就甭打算痛快！"因此，两任排练科长，没有不招恨的。有人甚至在死后还挨骂："×××，真他妈不是个东西！"云致秋当了两年排练科长，风平浪静。他排出来的戏码，定下的"人位"（戏班把分派角色叫做"定人位"），一碗水端平，谁也挑不出什么来。有人给他家装了一条好烟，提了两瓶酒，几斤苹果，致秋一概婉词拒绝："哥们！咱们不兴这个！我要不想抽您那条大中华，喝您那两瓶西凤，我是孙子！可我现在在这个位置上，不能让人戳我的脊梁骨。您拿回去！咱们天知地知，你知我知，就当没有这回事！"

后来致秋调任了办公室副主任，——主任是贾世荣。

他这个副主任没地儿办公。办公室里会计、出纳、总务、打字员，还有贾主任独据一张演《林则徐》时候特制的维多利亚时代硬木雕花的大写字台（剧团很多家具都是舞台上撤下来的大道具），都满了。党委办公室还有一张空桌子，"得来，我就这儿就乎就乎吧！"我们很欢迎他来，他来了热闹。他不把我们看成"外行"，对于从老解放区来的，部队下来的，老郭、老吴、小冯、小梁，还有像我这样的"秀才"，天生来有一种好感。我们很谈得来。他事实上成了党委会的一名秘书。党委和办公室的工作原也不大划得清。在党委会工作的几个人，没有十分明确的分工。有了事，大家一齐动手；没事，也可以瞎聊。致秋给自己的工作概括成为四句话：跑跑颠颠，上传下达，送往迎来，喜庆堂会。

党委会经常要派人出去开会。有的会，谁也不愿去，就说："嗨，致秋，你去吧！""好，我去！"市里或区里布置春季卫生运动大检查、植树、"交通安全宣传周"，以及参加刑事杀人犯公审（公审后立即枪决）……这都是他的事。回来，传达。他的笔记记得非常详细，有闻必录。让他念念笔记，他开始念了："张主任主持会议。张主任说：'老王，你的糖尿病好了一点没有？'……"问他会议的主要精神是什么，什么是张主任讲话的要点，答曰："不知道。"他经常起草一些向上面汇报的材料，翻翻笔记本，摊开横格纸就写，一写就是十来张。写到后来，写不下去了，就叫我："老汪，你给我瞧瞧，我这写的是什么呀？"我一看：逦逦拉拉，噜苏重复，不知所云。他写东西还有个特点，不分段，从第一个字到末一个句号，一气到底，一大篇！经常得由我给他"归置归置"，重新整理一遍。他看了说："行！你真有两下。"我说："你写之前得先想想，想清楚再写呀。李笠翁说，要袖手于前，才能疾书于后哪！"——"对对对！我这是疾书于前，袖手于后！写到后来，没了辙了！"

他的主要任务，实际是两件。一是做上层演员的统战工作。剧团的党委书记曾有一句名言：剧团的工作，只要把几大头牌的工作做好，就算搞好了一半（这句话不能算是全无道理，可是在"文化大革命"中成为群众演员最为痛恨的一条罪状）。云致秋就是搞这种工作的工具。另一件，是搞保卫工作。

致秋经常出入于头牌之门，所要解决的都是些难题。主要演员彼此常为一些事情争，争剧场（谁都愿上工人俱乐部、长安、吉祥，谁也不愿去海淀，去圆恩寺……），争日子口（争节假日，争星期六、星期天），争配角，争胡琴，争打鼓的。致秋得去说服其中的一个顾全大局，让一让。最近"业务"不好，希望哪位头牌把本来预订的"歇工戏"改成重头戏；为了提拔后进，要请哪位头牌"捧捧"一个青年演员，跟她合唱一出"对儿戏"；领导上决定，让哪几个青年演员"拜"哪几位头牌，希望头牌能"收"他们……这些等等，都得致秋去说。致秋的工作方法是进门先不说正事，三叔二舅地叫一气，插科打诨，嘻嘻哈哈，然后才说："我今儿来，一来是瞧瞧您，再，还有这么档事……"他还有一个偏方，是走内线。不找团长（头牌都是团长、副团长），却找"团太"。——这是戏班里兴出来的特殊称呼，管团长的太太叫"团太"。团太知道他无事不登三宝殿，有时绷着脸："三婶今儿不高兴，给三婶学一个！"致秋有一手绝活：学人。甭管是台上、台下，几个动作，神情毕肖。凡熟悉梨园行的，一看就知道是谁。他经常学的是四大须生出场报名，四人的台步各有特色，音色各异，对比鲜明："漾（杨）抱（宝）森"（声音浑厚，有气无力）；"谭富音（英）"（又高又急又快，"英"字抵颚不穿鼻，读成"鬼音"）；"奚啸伯"（嗓音很细，"奚、啸"皆读尖字，"伯"字读为入声）；"马——连——良呃！"（吊儿郎当，满不在乎）。逗得三婶哈哈一乐："什么事？说吧！"致秋把事情一说。"就这么点事儿呀？嗐！没什么大不了的！行了，等老头子回来，我跟他说说！"事情就算办成了。

党委会的同志对他这种作法很有意见。有时小冯或小梁跟他一同去，出了门就跟他发作："云致秋！你这是干什么！——小丑！"——"是小丑！咱们不是为把这点事办圆全了吗？这是党委交给我的任务，我有什么办法？你当我愿意哪！"

云致秋上班有两个专用的包。一个是普通双梁人造革黑提包，一个是带拉链、有一把小锁的公文包。他一出门，只要看他的自行车把上挂的是什么包，就知道大概是上哪里去。如果是双梁提包，就不外是到区里去，到文化局或是市委宣传部去。如果是拉锁公文包，就一定是到公安局去。大家还知道公文包里有一个蓝皮的笔记本。这笔记本是编了号的，并且每一页都用打号机打了页码。这里记的都是有关治安保卫的材料。材料有的是公安局传达的，有的是他向公安局汇报的。这些笔记本是绝对保密的。他从公安局开完会，立刻回家，把笔记本锁在一口小皮箱里。云致秋那么爱说，可是这些笔记本里的材料，他绝对守口如瓶，没有跟任何人谈过。谁也不知道这里面写的是什么，不少人都很想知道。因为他们知道这些材料关系到很多人的命运。出国或赴港演出，谁能去，谁不能去；谁不能进人民大会堂，谁不能到小礼堂演出；到中南海给毛主席演戏，名单是怎么定的……这些等等，云致秋的小本本都起着作用。因为那只拉锁公文包和包里的蓝皮笔记本，使很多人暗暗地对云致秋另眼相看，一看见他登上车，车把上挂着那个包，就彼此努努嘴，暗使眼色。这些笔记本，在云致秋心里，是很有分量的。他感到党对自己的信任，也为此觉得骄傲，有时甚至有点心潮澎湃，壮怀激烈。

因为工作关系，致秋不但和党委书记、团长随时联系，和文化局的几位局长也都常有联系。主管戏曲的、主管演出的和主管外事的副局长，经常来电话找他。这几位局长的办公室，家里，他都是推门就进。找他，有时是谈工作，有时是托他办点私事，——在全聚德订两只烤鸭，到前门饭店买点好烟、好酒……有时甚至什么也不为，只是找他来瞎聊聊，解解闷（少不得要喝两盅）。他和局长们虽未到了称兄道弟的程度，但也可以说是"忘形到尔汝"了。他对局长，从来不称官衔，人前人后，都是直呼其名。他在局长们面前这种自由随便的态度很为剧团许多演员所羡慕，甚至嫉妒。他们很纳闷：云致秋怎么能和头儿们混得这样熟呢？

致秋自己说的"四大任务"之一的"喜庆堂会"，不是真的张罗唱堂会，——现在还有谁家唱堂会呢？第一是张罗拜师。有一阵戏曲界大兴拜师之风。领导上提倡，剧团出钱。只要是看来有点出息的演员，剧团都会由一个老演员把他（她）们带着，到北京来拜一个名师。名演员哪有工夫教戏呀？他们大都有一个没有嗓子可是戏很熟的大徒弟当助教。外地的青年演员来了，在北京住个把月，跟着大师哥学一两出本门的戏，由名演员的琴师说说唱腔，临了，走给老师看看，老师略加指点，说是"不错！"这就高高兴兴地回去，在海报上印上"×××老师亲授"字样，顿时身价十倍，提级加薪。到北京来，必须有人"引见"。剧团的老演员很多都是先报云致秋，因为北京的名演员的家里，致秋哪家都能推门就进。拜师照例要请客。文化局的局长、科长，剧团的主要演员、琴师、鼓师，都得请到。云致秋自然少不了。致秋这辈子经手操办过的拜师仪式，真是不计其数了。如果你愿意听，他可以给你报一笔总账，保管落不下一笔。

致秋忙乎的另一件事是帮着名角办生日。办生日不过是借名请一次客。致秋是每请必到，大都是头一个。他既是客人，也一半是主人，——负责招待。他是不会忘记去吃这一顿的，名角们的生辰他都记得烂熟。谁今年多大，属什么的，问他，张口就能给你报出来。

我们对致秋这种到处吃喝的作风提过意见。他说："他们愿意请，不吃白不吃！"

致秋火炉子好，爱吃喝，但平常家里的饭食也很简单。有一小包天福的酱肘子，一碟炒麻豆腐，就酒菜、饭菜全齐了。他特别爱吃醋卤面。跟我吹过几次，他一做醋卤，半条胡同都闻见香。直到他死后，我才弄清楚醋卤面是一种什么面。这是山西"吃儿"（致秋原籍山西）。我问过山西人，山西人告诉我："嗐！茄子打卤，搁上醋！"这能好吃到哪里去么？然而我没能吃上致秋亲手做的醋卤面，想想还是有些怅然,因为他是诚心请我的。

"文化大革命"一来,什么全乱了。

京剧团是个凡事落后的地方,这回可是跑到前面去了。一夜之间,剧团变了模样。成立了各色各样,名称奇奇怪怪的战斗组。所有的办公室、练功厅、会议室、传达室,甚至堆煤的屋子、烧暖气的锅炉间、做刀枪靶子的作坊……全都给瓜分占领了。不管是什么人,找一个地方,打扫一番,搬来一些箱箱柜柜,都贴了封条,在门口挂出一块牌子,这就是他们的领地了。——只有会计办公室留下了,因为大家知道每个月月初还得"拿顶",得有个地方让会计算账。大标语,大字报,高音喇叭,语录歌,五颜六色,乱七八糟。所有的人都变了人性。"小心干活,大胆拿钱","不多说,不少道",全都不时兴了。平常挺斯文的小姑娘,会站在板凳上跳着脚跟人辩论,口沫横飞,满嘴脏字,完全成了一个泼妇。连贾世荣也上台发言搞大批判了。不过他批远不批近,不批团领导、局领导,他批刘少奇,批彭真。他说的都是报上的话,但到了他嘴里都有点"上韵"的味道。他批判这些大头头,不用"反革命修正主义"之类的帽子,他一律称之为"××老儿"!云致秋在下面听着,心想:真有你的!大家听着他满口"××老儿",都绷着。一个从音乐学院附中调来的弹琵琶的女孩终于忍不住噗嗤一声笑出来了。有一回，他又批了半天"××老儿"，下面忽然有人大声嚷嚷："去你的'××老儿'吧！你给他们捧的臭脚还少哇！——下去啵你！"这是马四喜。从此，贾世荣就不再出头露面。他自动地走进了牛棚。进来跟"黑帮"们抱拳打招呼，说："我还是这儿好。"

从学员班毕业出来的这帮小爷可真是神仙一样的快活。他们这辈子没有这样自由过，没有这样随心所欲，想干什么就干什么过。他们跟社会上的造反团体挂钩，跟"三司"，跟"西纠"，跟"全艺造"，到处拉关系。他们学得很快。社会上有什么，剧团里有什么。不过什么事到了他们手里，就都还有所发明，有所创造，有所前进，就都带上了京剧团的特点，也更加闹剧化。京剧团真是藏龙卧虎哇！一下子出了那么多司令、副司令，出了那么多理论家，出了那么多笔杆子（他们被称为刀笔）和那么多"浆子手"。——这称谓是京剧团以外所没有的，即专门刷大字报浆糊的。戏台上有"牢子手"、"刽子手"，专刷浆子的于是被称为"浆子手"。赵旺就是一名"浆子手"。外面兴给黑帮挂牌子了，他们也挂！可是他们给黑帮挂的牌子却是外面见不到的：《拿高登》里的石锁，《空城计》诸葛亮抚的瑶琴，《女起解》苏三戴的鱼枷。——这些"砌末"上自然都写了黑帮的姓名过犯。外面兴游街，他们也得让黑帮游游。几个战斗组开了联席会议，会上决定，给黑帮"扮上"：给这些"敌人"勾上阴阳脸，戴上反王盔，插一根翎子，穿上各色各样古怪戏装，让黑帮打着锣，自己大声报名，谁声音小了，就从后腰眼狠狠地杵一锣槌。

马四喜跟这些小将不一样。他一个人成立一个战斗组。他这个战斗组随时改换名称，这些名称多半与"独"字有关，一会叫"独立寒秋战斗组"，一会叫"风景这边独好战斗组"。用得较久的是"不顺南不顺北战士"（北京有一句俗话："骑着城墙骂鞑子，不顺南不顺北"）。团里分为两大派，他哪一派不参加，所以叫"不顺南不顺北"。他上午睡觉。下午写大字报。天天写，谁都骂，逮谁骂谁。晚上是他最来精神的时候。他自愿值夜，看守黑帮。看黑帮，他并不闲着，每天找一名黑帮"单个教练"。他喝完了酒，沏上一壶酽茶，抽上关东烟，就开始"单个教练"了。所谓"单个教练"，是他给黑帮上课，讲马列主义。黑帮站着，他坐着。一教练就是两个小时，从十二点到次日凌晨两点，准时不误。

（不知道为什么，他没有把我叫去"教练"过，因此，我不知道他讲马列主义时是不是也是满口的歇后成语。要是那样，那可真受不了！）

云致秋完全懵了。他从旧社会到新社会形成的、维持他的心理平衡的为人处世哲学彻底崩溃了。他不但不知道怎么说话，怎么待人，甚至也不知道怎么思想。他习惯了依靠组织，依靠领导，现在组织砸烂了，领导都被揪了出来。他习惯于有事和同志们商量商量，现在同志们一个个都难于自保，谁也怕担干系，谁也不给谁拿什么主意。他想和老伴谈谈，老伴吓得犯了心脏病躺在床上，他什么也不敢跟她说。他发现他是孤孤仃仃一个人活在这个乱糟糟的世界上，这可真是难哪！每天都听到熟人横死的消息。言慧珠上吊了（他是看着她长大的）。叶盛章投了河（他和他合演过《酒丐》）。侯喜瑞一对爱如性命的翎子叫红卫兵撅了（他知道这对翎子有多长）。裘盛戎演《姚期》的白满叫人给铰了（他知道那是多少块现大洋买的）。……"今夜脱了鞋，不知明天来不来"。谁也保不齐今天会发生什么事。过一天，算一日！云致秋倒不太担心被打死，他担心被打残废了，那可就恶心了！每天他还得上团里去。老伴每天都嘱咐："早点回来！"——"晚不了！"每天回家，老伴都得问一句："回来了？——没什么事？"——"没事。全须全尾！——吃饭！"好像一吃饭，他今天就胜利了，这会至少不会有人把他手里的这杯二锅头夺过去泼在地上！不过，他喝着喝着酒，又不禁重重地叹气："唉！这乱到多会儿算一站？"

云致秋在"文化大革命"中做了三件他在平时绝不会做的事。这三件事对致秋以后的生活产生了相当深远的影响。

一件是揭发批判剧团的党委书记。他是书记的亲信,书记有些直送某某首长"亲启"的机密信件都是由致秋用毛笔抄写出的。他不揭发,就成了保皇派。他揭发了半天,下面倒都没有太强烈的反应,有一个地方,忽然爆发出哄堂的笑声。致秋说:"你还叫我保你!——我保你,谁保我呀!"这本来是一句大实话,这不仅是云致秋的真实思想,也是许多人灵魂深处的秘密,很多人"造反"其实都是为了保住自己。不过这种话怎么可以公开地,在大庭广众之前说出来呢?于是大家觉得可笑,就大声地笑了,笑得非常高兴。他们不是笑自己的自私,而是笑云致秋的老实。

第二件,是他把有关治安保卫工作的材料,就是他到公安局开会时记了本团有关人事的蓝皮笔记本,交出去了。那天他下班回家,正吃饭,突然来了十几个红卫兵:"云致秋!你他妈的还喝酒!跪下!"红卫兵随即展读了一道"勒令",大意谓:云致秋平日专与人民为敌,向反动的公检法多次提供诬陷危害革命群众的黑材料。是可忍熟(原文如此)不可忍。云致秋必须立即将该项黑材料交出,否则后果自负。"后果自负"是具有很大威力的恐吓性的词句,云致秋糊里糊涂地把放这些材料的皮箱的钥匙交给了革命群众。

革命群众拿到材料，点点数目，几个人分别装在挎包里，登上自行车，呼啸而去。

第二天上班，几个党员就批评他。"这种材料怎么可以交出去？"——"他们说这是黑材料。"——"这是黑材料吗？你太软弱了！如果国民党来了，你怎么办！你还算个党员吗？"——"我怕他们把我媳妇吓死。"这也是一句实情话，可是别人是不会因此而原谅他的。当时事情也就过去了，后来到整党时，他为这件事多次通不过，他痛哭流涕地检查了好多回。他为这件事后悔了一辈子。他知道，以后他再也不适合干带机要性质的工作了。

第三件，是写了不少揭发材料，关于局领导的，团领导的。这些材料大都不是什么重大政治问题，都是些鸡毛蒜皮的生活小事。但是这些材料都成了斗争会上的炮弹，虽然打不中要害，但是经过添油加醋，对"搞臭"一个人却有作用。被批判的人心里明白，这些材料是云致秋提供的，只有他能把时间、地点、事情的经过记得那样清楚。

除了陪着黑帮游了两回街，听了几次马四喜的"单个教练"，云致秋在"文化大革命"中没有受太大的罪。他是旧党委的"黑班底"，但够不上是走资派，他没有进牛棚，只是由革命群众把他和一些中层干部集中在"干部学习班"学习，学毛选，写材料。后来两派群众热中于打派仗，也不大管他们，他觉得心里踏实下来，在没人注意他们时，他又悄悄传播一些外面的传闻，而且又开始学人、逗乐了。干部学习班的空气有时相当活跃。

云致秋"解放"得比较早。

成立了革委会。上面指示：要恢复演出。团里的几出样板戏，原来都是云致秋领着到样板团去"刻模子"刻出来的，他记性好，能把原剧复排出来。剧中有几个角色有政治问题，得由别人顶替，这得有人给说。还有几个红五类的青年演员要培养出来接班。军代表、工宣队和革委会的委员们一起研究：还得把云致秋"请"出来。说是排戏，实际上是教戏。

云致秋爱教戏，教戏有瘾，也会教。有的在北京、天津、南京已经颇有名气的演员，有时还特意来找云致秋请教。不管哪一出，他都能说出个么二三，官中大路是怎样的，梅在哪里改了改，程在哪里走的是什么，简明扼要，如数家珍。单是《长坂坡》的"抓帔"，我就见他给不下七八个演员说过。只要高盛麟来北京演出《长坂坡》，给盛麟配戏的旦角都得来找致秋。他教戏还是有教无类，什么人都给说。连在党委会工作的小梁，他都愣给她说了一出《玉堂春》，一出《思凡》。

不过培养这几个红五类接班人，可把云致秋给累苦了。这几个接班人完全是"小老斗"[1]，连脚步都不会走，致秋等于给她们重新开蒙。他给她们"掰扯"嘴里，"抠嗤"身上，得给她们说"范儿"。"要先有身上，后有手"，"劲儿在腰里，不在肩膀上"，"先出左脚，重心在右脚，再出右脚，把重心移过来"……他帮她们找共鸣，纠正发音位置，哪些字要用丹田，哪些字"嘴里唱"就行了。有一个演员嗓音缺乏弹性，唱不出"擞音"，声音老是直的，他恨不得钻进她的嗓子，提喽着她的声带让它颤动。好不容易，有一天，这个演员有了一点"擞"，云致秋大叫了一声："我的妈呀，你总算找着了！"致秋一天三班，轮番给这几位接班人说戏，每说一个"工时"，得喝一壶开水。

致秋教学生不收礼，不受学生一杯茶。剧团有这么一个不成文的规矩，老师来教戏，学生得给预备一包好茶叶。先生把保温杯拿出来，学生立刻把茶叶折在里面，给沏上，闷着。有的老师就有一个杯子由学生保存，由学生在提兜里装着，老师来到，茶已沏好。致秋从不如此，他从来是自己带着一个"瓶杯"——玻璃水果罐头改制的，里面装好了茶叶。他倒有几个很好看的杯套，是女生用玻璃丝编了送他的。

1　未经严格训练，一举一动都不是样儿，叫做"老斗"。

于是云致秋又成了受人尊敬的"云老师","云老师"长,"云老师"短,叫得很亲热。因为他教学有功,几出样板戏都已上演,有时有关部门招待外国文化名人的宴会,他也收到请柬。他的名字偶尔在报上出现,放在"知名人士"类的最后一名。"还有知名人士×××、×××、云致秋"。干部学习班的"同学"有时遇见他,便叫他"知名人士",云致秋:"别逗啦!我是'还有'!"

在云致秋又"走正字"的时候,他得了一次中风,口眼歪斜。他找了小孔。孔家世代给梨园行瞧病,演员们都很信服。致秋跟小孔大夫很熟。小孔说:"你去找两丸安宫牛黄来,你这病,我包治!"两丸安宫牛黄下去,吃了几剂药,真好了。致秋拄了几天拐棍,后来拐棍也扔了,他又来上班了。

"致秋,又活啦!"

"又活啦。我寻思这回该上八宝山了,没想到,到了五棵松,我又回来啦!"

"还喝吗?"

"还喝!——少点。"

打倒"四人帮",百废俱兴,政策落实,没想到云致秋倒成了闲人。

原来的党委书记兼团长调走了。新由别的剧团调来一位党委书记兼团长。辛团长（他姓辛）和云致秋原来也是老熟人，但是他带来了全部班底，从副书记到办公室、政工、行政各部门的主任、会计出纳、医务室的大夫，直到扫楼道的工人、看传达室的……他没有给云致秋安排工作。局里的几位副局长全都"起复"了，原来分工干什么的还干什么。有人劝致秋去找找他们，致秋说："没意思。"这几位头头，原来三天不见云致秋，就有点想他。现在，他们想不起他来了。局长们的胸怀不会那样狭窄，他们不会因为致秋曾经揭发过他们的问题而耿耿于怀，只是他们对云致秋的感情已经很薄了。有时有人在他们面前提起致秋，他们只是淡淡地说："云致秋，还是那么爱逗吗？"

致秋是个热闹惯了、忙活惯了的人，他闲不住。闲着闲着，就闲出病来了。病走熟路，他那些老毛病挨着个儿来找他，他于是就在家里歇病假，哪儿也不去。他的工资还是团里领，每月月初，由他的女儿来"拿顶"，他连团里大门也不想迈。

他的老伴忽然死了，死于急性心肌梗死。这对于致秋的打击是难以想象的。他整个的垮了。在他老伴的追悼会上，他站不起来，只是瘫坐在一张椅子里，不停地流泪。熟人走过，跟他握手，他反复地说："我完了！我完了！"老伴火化了，他也就被送进了医院。

他出院后，我和小冯、小梁去看他。他精神还好，见了我们挺高兴。

"哎呀，你们几位还来呀！——我这儿现在没有什么人来了！"

我们给他带了一点水果，一只烧鸡，还有一瓶酒。他用手把烧鸡撕开，喝起来。

喝着酒，他说："老汪，小冯，小梁，我告诉你们，我活不了多久了。"

我们都说："别瞎说！你现在挺好的。"

"不骗你们！这一阵我老是做梦，梦见我媳妇。昨儿夜里还梦见。我出外，她送我。跟真事一模一样。那年，李世芳坐飞机摔死那年，我要上青岛去。下大雨。前门火车站前面水深没脚脖子。她蹚着水送我。火车快开了，她说：'咱们别去了！咱们不挣那份钱！'那回她是这么说来着。一样！清清楚楚，说话的声音，神气！快了，我们就要见面了。"

小冯说："你是一个人在家里闷的，胡思乱想！身体再好些，外边走走，找找熟人，聊聊！"

"我原说我走在她头里，没想到她倒走在我头里。一辈子的夫妻，没红过脸。现在我要换衣服，得自己找了。——

我女儿她们不知道在哪儿。这是怎么话说的,就那么走了!"

又喝了两杯酒,他说,像是问我们,又像是自言自语:

"我这也是一辈子。我算个什么人呢?"

小冯调到戏校管人事,她和戏校的石校长说:

"云致秋为什么老让他闲着?他还能发挥作用。咱们还缺教员,是不是把他调过来?"

石校长一听,立刻同意:"这个人很有用!他们不要,我们要!你就去办这件事!"

小冯找到致秋,致秋欣然同意。他说:"过了冬天,等我身体好一点,不太喘了,就去上班。"

我因事到南方去转了一圈,回来时,听小梁说:"云致秋死了。"

"什么病?"

"他的病多了!前一阵他觉得身体好了些,想到戏校上班。别人劝他再休息休息。他弄了一架录音机,对着录音机说戏,想拿到戏校给学生先听着。接连说了五天,第六天,不行了。家里没有人。邻居老关发现了,赶紧叫了几个人,弄了一辆车,把他送到医院。到了医院,已经没有脉了。他在车上人还清楚,还说了一句话:'给我一条手绢。'车上人很急乱,他的声音很小,谁也没注意,只老关听见了。"

这时候,他要一条手绢干什么?"给我一条手绢"是他最后说的一句话,但是这大概不能算是"遗言"。

要给致秋开追悼会。我们几个人算是他的老战友了,大家都说:"去!一定去!别人的追悼会可以不去,致秋的追悼会一定得去!"

我们商量着要给致秋送一副挽联。我想了想,拟了两句。小梁到荣宝斋买了两张云南宣,粘接好了,我试了试笔,就写起来:

跟着谁,傍着谁,立志甘当二路角;

会几出,教几出,课徒不受一杯茶。

大家看了,都说:"贴切。"

论演员,不过是二路;论职务,只是办公室副主任和戏校教员,我们知道,致秋的追悼会的规格是不会高的,——追悼会也讲规格,真是叫人丧气!但是没有想到会是这样凄惨。来的人很少。一个小礼堂,稀稀落落地站了不满半堂人。戏曲界的名人,致秋的"生前友好",甚至他教过的学生,很多都没有来。来的都是剧团的一些老熟人:贾世荣、马四喜、赵旺……花圈倒不少,把两边墙壁都摆满了。这是向火葬场一总租来的。落款的人名好些是操办追悼会的人自作主张地写上去的，本人都未必知道。挽联却只有我们送的一副，孤零零的，看起来颇有点嘲笑的味道。石校长致悼词。上面供着致秋的遗像。致秋大概第一次把照片放得这样大。小冯入神地看着致秋的像，轻轻地说："致秋这张像拍得很像。"小梁点点头："很像！"

我们到后面去向致秋的遗体告别。我参加追悼会，向来不向遗体告别，这次是破例。致秋和生前一样，只是好像瘦小了些。头发发干了，干得像草。脸上很平静。一个平日爱跟致秋逗的演员对着致秋的脸端详了很久，好像在想什么。他在想什么呢？该不会是想：你再也不能把眉毛眼睛鼻子纵在一起了吧？

天很晴朗。

我坐在回去的汽车里，听见一个演员说了一句什么笑话，车里一半人都笑了起来。我不禁想起陶渊明的《拟挽歌辞》："向来相送人，各自还其家。亲戚或余悲，他人亦已歌。"不过，在云致秋的追悼会后说说笑话，似乎是无可非议的，甚至是很自然的。

致秋死后，偶尔还有人谈起他：

"致秋人不错。"

"致秋教戏有瘾。他也会教，说的都是地方，能说到点子上。——他会得多，见得也多。"

最近剧团要到香港演出，还有人念叨：

"这会要是有云致秋这样一个又懂业务，又能做保卫工作的党员，就好了！"

一个人死了，还会有人想起他，就算不错。

    一九八三年七月二日写完，为纪念一位亡友而作。
（这是小说，不是报告文学。文中所写，并不都是真事。）

星 期 天

这是一所私立中学,很小,只有三个初中班。地点很好,在福煦路。往南不远是霞飞路;往北,穿过两条横马路,便是静安寺路、南京路。因此,学生不少。学生多半是附近商人家的子女。

"校舍"很简单。靠马路是一带水泥围墙。有一座铁门。进门左手是一幢两层的楼房。很旧了,但看起来还结实。楼下东侧是校长办公室。往里去是一个像是会议室似的狭长的房间,里面放了一张乒乓球台子。西侧有一间房间,靠南有窗的一面凸出呈半圆形,形状有点像一个船舱,是教导主任沈先生的宿舍。当中,外屋是教员休息室;里面是一间大教室。楼上还有两个教室。

---

* 初刊于《上海文学》一九八三年第十期,初收于《晚饭花集》。

"教学楼"的后面有一座后楼，三层。上面两层是校长的住家。底层有两间不见天日的小房间，是没有家的单身教员的宿舍。

此外，在主楼的对面，紧挨围墙，有一座铁皮顶的木板棚子。后楼的旁边也有一座板棚。

如此而已。

学校人事清简。全体教职员工，共有如下数人：

一、校长。姓赵名宗浚，大夏大学毕业，何系，未详。他大学毕业后就从事教育事业。他为什么不在银行或海关找个事做，却来办这样一个中学，道理不知何在。想来是因为开一个学堂，进项不少，又不需要上班下班，一天工作八小时，守家在地，下了楼，几步就到他的小王国——校长办公室，下雨连伞都不用打；又不用受谁的管，每天可以享清福，安闲自在，乐在其中。他这个学校不知道是怎样"办"的。学校连个会计都没有。每学期收了学杂费，全部归他处理。除了开销教员的薪水、油墨纸张、粉笔板擦、电灯自来水、笤帚簸箕、拖把抹布，他净落多少，谁也不知道。物价飞涨，一日数变，收了学费，他当然不会把钞票存在银行里，瞧着它损耗跌落，少不得要换成黄鱼（金条）或美钞。另外他大概还经营一点五金电料生意。他有个弟弟在一家五金行做事，行情熟悉。

他每天生活得蛮"写意"。每天早起到办公室,坐在他的黑皮转椅里看报。《文汇报》、《大公报》、《新民报》,和隔夜的《大晚报》,逐版浏览一遍。他很少看书。他身后的书架上只有两套书,一套《辞海》;还有一套——不知道他怎么会有这样一套书:吴其濬的《植物名实图考长编》。看完报,就从抽屉里拿出几件小工具,修理一些小玩意,一个带八音盒的小座钟,或是一个西门子的弹簧弹子锁。他爱逛拍卖行、旧货店,喜欢搜罗这类不费什么钱而又没有多大用处的玩意。或者用一个指甲锉修指甲。他其实就在家里呆着,不到办公室来也可以。到办公室,主要是为了打电话或接电话。他接电话有个习惯。电话铃响了,他拿起听筒,照例是先用上海话说:"侬找啥人?"对方找的就是他,他不马上跟对方通话,总要说:"请侬等一等",过了一会,才改用普通话说:"您找赵宗浚吗?我就是……"他为什么每次接电话都要这样,我一直没有弄明白。是显得他有一个秘书,第一次接电话的不是他本人,是秘书,好有一点派头?还是先"缓冲"一下,好有时间容他考虑一下,对方是谁,打电话来多半是为什么事,胸有成竹,有所准备,以便答复?从他接电话的这个习惯,可以断定:这是一个精明的人。他很精明,但并不俗气。

他看起来很有文化修养。说话高雅,声音甜润。上海市井间流行的口头语,如"操那起来"、"斜其盉赛",在他嘴里绝对找不到。他在大学时就在学校的剧团演过话剧,毕业后偶尔还参加职业剧团客串(因此他的普通话说得很好),现在还和上海的影剧界的许多人保持联系。我就是因为到上海找不到职业,由一位文学戏剧界的前辈介绍到他的学校里来教书。他虽然是学校的业主,但是对待教员并不刻薄,为人很"漂亮",很讲"朋友",身上还保留着一些大学生和演员的洒脱风度。每年冬至,他必要把全体教职员请到后楼他的家里吃一顿"冬至夜饭",以尽东道之谊。平常也不时请几个教员出去来一顿小吃。离学校不远,马路边上有一个泉州人摆的鱼糕米粉摊子,他经常在晚上拉我去吃一碗米粉。他知道我爱喝酒,每次总还要特地为我叫几两七宝大曲。到了星期天,他还忘不了把几个他乡作客或有家不归的单身教员拉到外面去玩玩。逛逛兆丰公园、法国公园,或到老城隍庙去走走九曲桥,坐坐茶馆,吃两块油氽鱿鱼,喝一碗鸡鸭血汤。凡有这种活动,多半都是由他花钱请客。这种地方,他是一点也不小气吝啬的。

他已经三十五岁,还是单身。他曾和一个女演员在外面租了房子同居了几年,女演员名叫许曼诺。因为他母亲坚决反对他和这个女人结婚,所以一直拖着(他父亲已死,他对母亲是很孝顺的)。有一天一清早他去找这个演员,敲了半天房门，门才开。里面有一个男人（这人他也认识）。他发现许曼诺的晨衣里面什么也没有穿！他一气之下，再也不去了。但是许曼诺有时还会打电话来，约他到DDS或卡夫卡司[1]去见面。那大概是许曼诺生活上遇到了困难，来求他给她一点帮助了。这个女人我见过，颇有丰韵，但是神情憔悴，显然长期过着放纵而不安定的生活。她抽烟，喝烈性酒。

他发胖了。才三十五岁就已经一百六十斤。他很知道，再发展下去会是什么样子，他的父亲就是一个大胖子（我们见过他的遗像）。因此，他节食，并且注意锻炼。每天中午由英文教员小沈先生或他的弟弟陪他打乒乓球。会议室那张乒乓球台子就是为此而特意买来的。

二、教导主任沈先生。名裕藻，也是大夏大学毕业。他到这所私立中学来教书，自然是因为老同学赵宗浣的关系。他到这所中学有年头了，从学校开办，他就是教导主任。他教代数、几何、物理、化学。授课量相当于两个教员，所拿薪水也比两个教员还多。而且他可以独占一间相当宽敞明亮的宿舍，蛮适意。这种条件在上海并不是很容易得到的。因此，他也不必动脑筋另谋高就。大概这所中学办到哪一天，他这个教导主任就会当到哪一天。

---

1 旧上海两家俄国咖啡馆。

他一辈子不吃任何蔬菜。他的每天的中午饭都是由他的弟弟（他弟弟在这个学校读书）用一个三层的提梁饭盒从家里给他送来（晚饭他回家吃）。菜，大都是红烧肉、煎带鱼、荷包蛋、香肠……。每顿他都吃得一点不剩。因此，他长得像一个牛犊子，呼吸粗短，举动稍欠灵活。他当然有一对金鱼眼睛。

他也不大看书，但有两种"书"是必读的。一是"方块报"[1]，他见到必买，一是还珠楼主的《蜀山剑侠传》。学校隔壁两三家，有一家小书店，每到《蜀山剑侠传》新出一集，就在门口立出一块广告牌："好消息，《蜀山剑侠传》第××集已到！"沈裕藻走进店里，老板立即起身迎接："沈先生，老早替侬留好勒嗨！"除了读"书"，他拉拉胡琴。他有一把很好的胡琴，凤眼竹的担子，声音极好。这把胡琴是他的骄傲。虽然在他手里实在拉不出多大名堂。

他没有什么朋友，却认识不少有名的票友。主要是通过他的同学李文鑫认识的，也可以说是通过这把胡琴认识的。

李文鑫也是大夏毕业的。毕业以后，啥事也不做。他家里开着一爿旅馆，他就在家当"小开"。这是那种老式的旅

---

[1] 上海一度流行。十六开，八页或十二页，订成薄薄的一本，图文并茂。开头两页，为了向国民党的检查机关交账，大都登中央社的电讯，要人行踪。以下是各种社会新闻，影星名伶艳事，武侠小说和海上文人所写的色情小说。此外还有大量的裸体和半裸体的照片。

馆，在南市、十六铺一带还可见到。一座回字形的楼房，四面都有房间，当中一个天井。楼是纯粹木结构的，扶梯、栏杆、地板，全都是木头的，涂了紫红色的油漆。住在楼上，走起路来，地板会格吱格吱地响。一男一女，在房间里做点什么勾当，隔壁可以听得清清楚楚。客人是三教九流，什么人都有。李文鑫就住在账房间后面的一间洁净的房间里，听唱片，拉程派胡琴。他是上海专拉程派的名琴票。他还培养了一个弹月琴的搭档。这弹月琴的是个流浪汉，生病困在他的旅馆里，付不出房钱。李文鑫踱到他房间里，问他会点什么，——啥都不会！李文鑫不知怎么会忽然心血来潮，异想天开，拿了一把月琴："侬弹！"这流浪汉就使劲弹起来，——单弦绷。李文鑫不让他闲着，三九天，弄一盆冰水，让这流浪汉把手指头弹得发烫了，放在冰水里泡泡——再弹！在李文鑫的苦教之下，这流浪汉竟成了上海滩票界的一把数一数二的月琴。这流浪汉一个大字不识，挺大个脑袋，见人连话都不会说，只会傻笑，可是弹得一手好月琴。使起"窜儿"来，真是"大珠小珠落玉盘"。而且尺寸稳当，板槽瓷实，和李文鑫的胡琴严丝合缝，"一眼"不差，为李文鑫的琴艺生色不少。票友们都说李文鑫能教出这样一个下手来，真是独具慧眼。李文鑫就养着他，带着他到处"走票"，很受欢迎。

李文鑫有时带了几个票友来看沈裕藻，因为这所学校有一间会议室，正好调嗓子清唱。那大都是星期天。沈裕藻星期天偶尔也同我们一起去逛逛公园，逛逛城隍庙，陪赵宗浚去遛拍卖行，平常大都是读"书"，等着这些唱戏朋友。李文鑫认识的票友都是"有一号"的。像古森柏这样的名票也让李文鑫拉来过。古森柏除了偶尔唱一段《监酒令》，让大家欣赏欣赏徐小香的古调绝响外，不大唱。他来了，大都是聊。盛兰如何，盛戎如何，世海如何，君秋如何。他聊的时候，别的票友都洗耳恭听，连连颔首。沈裕藻更是听得发呆。有一次，古森柏和李文鑫还把南京的程派名票包华请来过。包华那天唱了全出《桑园会》（这是他的代表作，曾灌唱片）。李文鑫操琴，用的就是老沈的那把凤眼竹担子的胡琴（这是一把适于拉西皮的琴）。流浪汉闭着眼睛弹月琴。李文鑫叫沈裕藻来把二胡托着。沈裕藻只敢轻轻地蹭，他怕拉重了"出去"了。包华的程派真是格高韵雅，懂戏不懂戏的，全都听得出了神，鸦雀无声。

沈裕藻的这把胡琴给包华拉过，他给包华托过二胡，他觉得非常光荣。

三、英文教员沈福根。因为他年纪轻，大家叫他小沈，以区别于老沈——沈裕藻。学生叫他"小沈先生"。他是本校的毕业生。毕业以后卖了两年小黄鱼，同时在青年会补习英文。以后跟校长赵先生讲讲，就来教英文了。他的英文教得怎么样？——不晓得。

四、史地教员史先生。史先生原是首饰店出身。他有一桩艳遇。在他还在首饰店学徒的时候，有一天店里接到一个电话，叫给一家送几件首饰去看看，要一个学徒送去。店里叫小史去。小史拿了几件首饰，按电话里所说的地址送去了。地方很远。送到了，是一座很幽静的别墅，没有什么人。女主人接见了他，把他留下了。住了三天（据他后来估计，这女主人大概是一个军阀的姨太太）。他现在已经四十多岁了，还常常津津乐道地谈起这件事。一谈起这件事，就说："毕生难忘！"我看看他的模样（他的脸有一点像一张拉长了的猴子的脸），实在很难想象他曾有过这样的艳遇。不过据他自己说，年轻时他是蛮漂亮的。至于他怎么由一个首饰店的学徒变成了一个教史地的中学教员，那谁知道呢。上海的许多事情，都是蛮难讲的。

五、体育教员谢霈。这个学校没有操场，也没有任何体育设备（除了那张乒乓球台子），却有一个体育教员。谢先生上体育课只有一种办法，把学生带出去，到霞飞路的几条车辆行人都较少的横马路上跑一圈。学生们很愿意上体育课，因为可以不在教室里坐着，回来还可以买一点甜咸"支卜"、檀香橄榄、蜜饯嘉应子、苔菜小麻花，一路走，一路吃着，三三两两地走进学校的铁门。谢先生没有什么学历，他当过兵，要过饭。他是个愤世嫉俗派，什么事情都看透了。他常说："什么都是假的。爷娘、老婆、儿女，都是假的。只有铜钿，铜钿是真的！"他看到人谈恋爱就反感："恋爱。没有的。没有恋爱，只有操×！"他生活非常俭省，连茶叶都不买。只在一件事上却舍得花钱：请人下棋。他是个棋迷。他的棋下得很臭，但是爱看人下棋。一到星期天，他就请两个人来下棋，他看。有时能把上海的两位围棋国手请来。这两位国手，都穿着纺绸衫裤，长衫折得整整齐齐地搭在肘臂上。国手之一的长衫是熟罗的，国手之二的是香云纱。国手之一手执棕竹拄杖，国手之二手执湘妃竹骨子的折扇。国手之一留着小胡子，国手之二不留。他们都用长长的象牙烟嘴吸烟，都很潇洒。他们来了，稍事休息，见到人都欠起身来，彬彬有礼，然后就在校长办公室的写字台上摆开棋局，对弈起来。他们来了，谢先生不仅预备了好茶好烟，还一定在不远一家广东馆订几个菜，等一局下完，请他们去小酌。这二位都是好酒量，都能喝二斤加饭或善酿。谢先生为了看国手下棋，花起钱不觉得肉痛。

六、李维廉。这是一个在复旦大学教书的诗人的侄子，高中毕业后，从北平到上海来，准备在上海考大学。他的叔父和介绍我来的那位文学戏剧前辈是老朋友，请这位前辈把他介绍到这所学校来,教一年级算术,好解决他的食宿。这个年轻人很腼腆,不爱说话,神情有点忧郁。星期天,他有时到叔叔家去,有时不去,躲在屋里温习功课,写信。

七、胡凤英。女,本校毕业,管注册、收费、收发、油印、接电话。

八、校工老左。住在后楼房边的板棚里。

九、我。我教三个班的国文。课余或看看电影,或到一位老作家家里坐坐,或陪一个天才画家无尽无休地逛霞飞路,说一些海阔天空,才华迸发的废话。吃了一碗加了很多辣椒的咖喱牛肉面后,就回到学校里来,在"教学楼"对面的铁皮顶木棚里批改学生的作文,写小说,直到深夜。我很喜欢这间棚子,因为只有我一个人。除了我,谁也不来。下雨天,雨点落在铁皮顶上,乒乒乓乓,很好听。听着雨声,我往往会想起一些很遥远的往事。但是我又很清楚地知道:我现在在上海。雨已经停了,分明听到一声:"白糖莲芯粥——!"

星期天,除非有约会,我大都随帮唱影,和赵宗浚、沈裕藻、沈福根、胡凤英……去逛兆丰公园、法国公园,逛城隍庙。或听票友唱戏,看国手下棋。不想听也不想看的时候,就翻《辞海》,看《植物名实图考长编》——这是一本很有趣的著作,文笔极好。我对这本书一直很有感情,因为它曾经在喧嚣历碌的上海，陪伴我度过许多闲适安静的辰光。

这所中学里，忽然兴起一阵跳舞风，几乎每个星期天都要举办舞会。这是校长赵宗浚所倡导的。原因是：

一、赵宗浚正在追求一位女朋友。这女朋友有两个妹妹，都是刚刚学会跳舞，瘾头很大。举办舞会，可以把这两个妹妹和她们的姐姐都吸引了来。

赵宗浚新认识的女朋友姓王，名静仪。史先生、沈福根、胡凤英都称呼她为王小姐。她人如其名，态度文静，见人握手，落落大方。脸上薄施脂粉，身材很苗条。衣服鞋子都很讲究，是经过精心挑选的，但乍一看看不出来，因为款式高雅，色调谐和，不趋时髦，毫不扎眼。她是学音乐的，在一个教会学校教音乐课。她父亲早故，一家生活全由她负担。因为要培养两个妹妹上学，靠三十岁了，还没有嫁人。赵宗浚在一个老一辈的导演家里认识了她，很倾心。他已经厌倦了和许曼诺的那种叫人心烦意乱的恋爱，他需要一个安静平和的家庭，王静仪正是他所向往的伴侣。他曾经给王静仪写过几封信，约她到公园里谈过几次。赵宗浚表示愿意帮助她的两个妹妹读书；还表示他已经是这样的岁数了，不可能再有那种火辣辣的，罗曼蒂克的感情，但是他是懂得怎样体贴照顾别人的。王静仪客客气气地表示对赵先生的为人很钦佩，对他的好意很感谢。

她的两个妹妹，一个叫婉仪，一个叫淑仪，长得可一点也不像姐姐，她们的脸都很宽，眼睛分得很开，体型也是宽宽扁扁的。稚气未脱，不大解事，吃起点心糖果来，声音很响。王静仪带她们出来参加这一类的舞会，只是想让她们见见世面，有一点社交生活。这在她那样比较寒素的人家，是不大容易有的。因此这两个妹妹随时都显得有点兴奋。

二、赵宗浚觉得自己太胖了，需要运动。

三、他新从拍卖行买了一套调制鸡尾酒的酒具，一个赛银的酒海，一个曲颈长柄的酒勺，和几十只高脚玻璃酒杯，他要拿出来派派用场。

四、现有一个非常出色的跳舞教师。

这人名叫赫连都。他不是这个学校里的人，只是住在这个学校里。他是电影演员，也是介绍我到这个学校里来的那位文学戏剧前辈把他介绍给赵宗浚，住到这个学校里来的，因为他在上海找不到地方住。他就住在后楼底层，和谢需、李维廉一个房间。——我和一个在《大晚报》当夜班编辑的姓江的老兄住另一间。姓江的老兄也不是学校里的人，和赵宗浚是同学，故得寄住在这里。这两个房间黑暗而潮湿，白天也得开灯。我临离开上海时，打行李，发现垫在小铁床上的席子的背面竟长了一寸多长的白毛！房间前面有一个狭小的天井，后楼的二三层和隔壁人家楼上随时会把用过的水从高空泼在天井里，哗啦一声，惊心动魄。我因此给这两间屋起了一个室名：听水斋。

赫连都有点神秘。他是个电影演员，可是一直没有见他主演过什么片子。他长得高大、挺拔、英俊，很有男子气。虽然住在一间暗无天日的房子里，睡在一张破旧的小铁床上，出门时却总是西装笔挺，容光焕发，像个大明星。他忙得很。一早出门，很晚才回来。他到一个白俄家里去学发声，到另一个白俄家里去学舞蹈，到健身房练拳击，到马场去学骑马，到剧专去旁听表演课，到处找电影看，除了美国片、英国片、苏联片，还到光陆这样的小电影院去看乌发公司的德国片，研究却尔斯劳顿和里昂·巴里摩尔……

他星期天有时也在学校里呆半天，听票友唱戏，看国手下棋，跟大家聊聊天。聊电影，聊内战，聊沈崇事件，聊美国兵开吉普车撞人、在马路上酗酒胡闹。他说话富于表情，手势有力。他的笑声常使人受到感染。

他的舞跳得很好。探戈跳得尤其好，曾应邀在跑狗场举办的探戈舞表演晚会上表演过。

赵宗浚于是邀请他来参加舞会，教大家跳舞。他欣然同意，说：

"好啊！"

他在这里寄居，不交房钱，这点义务是应该尽的，否则就太不近人情了。

于是到了星期天,我们就哪儿也不去了。胡凤英在家吃了早饭就到学校里来,和老左、沈福根把楼下大教室的课桌课椅都搬开,然后搬来一匣子钢丝毛,一团一团地撒在地板上,用脚踩着,顺着木纹,使劲地擦。赵宗浚和我有时也参加这种有趣的劳动。把地板擦去一层皮,露出了白茬,就上蜡。然后换了几个大灯泡,蒙上红蓝玻璃纸。有时还挂上一些绉纸彩条,纸灯笼。

到了晚上,这所学校就成了一个俱乐部。下棋的下棋,唱戏的唱戏,跳舞的跳舞。

红蓝灯泡一亮,电唱机的音乐一响,彩条纸灯被电风扇吹得摇摇晃晃,很有点舞会的气氛。胡凤英从后楼搬来十来只果盘,装着点心糖果。赵宗浚捧着赛银酒海进来,着手调制鸡尾酒。他这鸡尾酒是中西合璧。十几瓶汽水,十几瓶可口可乐,兑上一点白酒。但是用曲颈长柄的酒勺倾注在高脚酒杯里,晶莹透亮,你能说这不是鸡尾酒?

音乐(唱片)也是中西并蓄,雅俗杂陈。萧邦、华格那、斯特劳斯;黑人的爵士乐,南美的伦摆舞曲,夏威夷情歌;李香兰唱的《支那之夜》、《卖糖歌》;广东音乐《彩云追月》、《节节高》;上海的流行歌曲《三轮车上的小姐》、《你是一个坏东西》;还有跳舞场里大家一起跳的《香槟酒气满场飞》。

参加舞会的，除了本校教员，王家三姊妹，还有本校毕业出去现已就业的女生，还有胡凤英约来的一些男女朋友。她的这些朋友都有点不三不四，男的穿着全套美国大兵的服装，大概是飞机场的机械士；女的打扮得像吉普女郎。不过他们到这里参加舞会，还比较收敛，甚至很拘谨。他们畏畏缩缩地和人握手。跳舞的时候也只是他们几个人来回配搭着跳，跳伦摆。

赫连都几乎整场都不空。女孩子都爱找他跳。他的舞跳得非常的"帅"（她们都很能体会这个北京字眼的全部涵意了）。脚步清楚，所给的暗示非常肯定。跟他跳舞，自己觉得轻得像一朵云，交关舒服。

这一天，华灯初上，舞乐轻扬。李文鑫因为晚上要拉一场戏，带着弹月琴的下手走了。票友们有的告辞，有的被沈裕藻留下来跳舞。下棋的吃了老酒，喝着新泡的龙井茶，准备再战。参加舞会的来宾陆续到了，赫连都却还没有出现——他平常都是和赵宗浚一同张罗着迎接客人的。

大家正盼望着他，忽然听到铁门外人声杂乱，不知出了什么事。赶到门口一看，只见一群人簇拥着赫连都。赫连都头发散乱，衬衫碎成了好几片。李维廉在他旁边，夹着他的上衣。赫连都连连向人群拱手：

"谢谢大家！谢谢大家！"

"呒不啥，呒不啥！大家全是中国人！"

"侬为中国人吐出一口气，应该谢谢侬！"

一个在公园里教人打拳的沧州老人说："兄弟，你是好样儿的！"

对面弄堂里卖咖喱牛肉面的江北人说："赫先生！你今天干的这桩事，真是叫人佩服！晏一歇请到小摊子上吃一碗牛肉面消夜，我也好表表我的心！"

赫连都连忙说："谢谢，谢谢！改天，改天扰您！"

人群散去，赫连都回身向赵宗浚说："老赵，你们先跳，我换换衣服，洗洗脸，就来！"说着，从李维廉手里接过上衣，往后楼走去。

大家忙问李维廉，是怎么回事。

"赫连都打了美国兵！他一人把四个美国兵全给揍了！我和他从霞飞路回来，四个美国兵喝醉了，正在侮辱一个中国女的。真不像话，他们把女的衣服差不多全剥光了！女的直叫救命。围了好些人，谁都不敢上。赫连都脱了上衣，一人给了他们一拳，全都揍趴下了。他们起来，轮流和赫连都打开了 boxing[1]，赫连都毫不含糊。到后来，四个一齐上。周围的人大家伙把赫连都一围，拥着他进了胡同。美国兵歪歪倒倒，骂骂咧咧地走了。真不是玩意！"

1　英文：拳击。

大家议论纷纷，都很激动。

围棋国手之一慢条斯理地说："是不是把铁门关上？只怕他们会来寻事。"

国手之二说："是的。美国人惹不得。"

赵宗浚出门两边看看，说："用不着，那样反而不好。"

沈福根说："我去侦察侦察！"他像煞有介事，蹑手蹑脚地向霞飞路走去。过了一会，又踅了回来：

"呒啥呒啥！霞飞路上人来人往。美国赤佬已经无影无踪哉！"

于是下棋的下棋，跳舞的跳舞。

赫连都换了一身白法兰绒的西服出来，显得格外精神。

今天的舞会特别热烈。

赫连都几乎每支曲子都跳了。他和王婉仪跳了快三步编花；和王淑仪跳了《维也纳森林》，带着她沿外圈转了几大圈；慢四步、狐步舞，都跳了。他还邀请一个吉普女郎跳了一场伦摆。他向这个自以为很性感的女郎走去，欠身伸出右手，微微鞠躬，这位性感女郎受宠若惊，喜出望外，连忙说："喔！谢谢侬！"

王静仪不大跳，和赵宗浚跳了一支慢四步以后，拉了李维廉跳了一支慢三步圆舞曲，就一直在边上坐着。

舞会快要结束时，王静仪起来，在唱片里挑了一张

《La Paloma》[1]，对赫连都说："我们跳这一张。"

赫连都说："好。"

西班牙舞曲响了，飘逸的探戈舞跳起来了。他们跳得那样优美，以致原来准备起舞的几对都停了下来，大家远远地看他们俩跳。这支曲子他们都很熟，配合得非常默契。赫连都一晚上只有跳这一次舞是一种享受。他托着王静仪的腰，贴得很近；轻轻握着她的指尖，拉得很远；有时又撒开手，各自随着音乐的旋律进退起伏。王静仪高高地抬起手臂，微微地侧着肩膀，俯仰，回旋，又轻盈，又奔放。她的眼睛发亮。她的白纱长裙飘动着，像一朵大百合花。

大家都看得痴了。

史先生（他不跳舞，但爱看人跳舞，每次舞会必到）轻声地说："这才叫跳舞！"

音乐结束了，太短了！

美的东西总是那样短促！

但是似乎也够了。

赵宗浚第一次认识了王静仪。他发现了她在沉重的生活负担下仍然完好的抒情气质，端庄的仪表下面隐藏着的对诗意的、浪漫主义的幸福的热情的，甚至有些野性的向往。他明明白白知道：他的追求是无望的。他第一次苦涩地感觉

---

[1] 西班牙语，鸽子。

到：什么是庸俗。他本来可以是另外一种人，过另外一种生活，但是太晚了！他为自己的圆圆的下巴和柔软的，稍嫌肥厚的嘴唇感到羞耻。他觉得异常的疲乏。

舞会散了，围棋也结束了。

谢霈把两位国手送出铁门。

国手之一意味深长地对国手之二说：

"这位赫连都先生，他会不会是共产党？"

国手之二回答：

"难讲的。"

失眠的霓虹灯在上海的夜空，这里那里，静静地燃烧着。

一九八三年七月二十五日

北京酷暑挥汗作

金 冬 心

召应博学鸿词杭郡金农字寿门别号冬心先生、稽留山民、龙㭎[1]仙客、苏伐罗吉苏伐罗,早上起来觉得很无聊。

他刚从杭州扫墓回来。给祖坟加了加土,吩咐族侄把聚族而居的老宅子修理修理,花了一笔钱。杭州官员馈赠的程仪殊不丰厚,倒是送了不少花雕和莼菜,坛坛罐罐,装了半船。装莼菜的磁罐子里多一半是西湖水。我能够老是饮花雕酒喝莼菜汤过日脚么?开玩笑!

他是昨天日落酉时回扬州的。刚一进门,洗了脸,给他装裱字画、收拾图书的陈聋子就告诉他:袁子才把十张灯退

---

* 初刊于《现代作家》一九八四年第二期,初收于《晚饭花集》。

1 "㭎"疑为"梭"。初刊本、初版本均为"㭎"(棕)。据金农《墨竹图轴》等画作,落款有"龙梭旧客"、"龙梭旧客"、"龙梭仙客"等,无"龙棕仙客"之称。——编者注

104　　　　　　　　　　　　　　　　　　　　晚饭后的故事

回来了。是托李馥馨茶叶庄的船带回来的。附有一封信。另外还有十套《随园诗话》。金冬心当时哼了一声。

去年秋后,来求冬心先生写字画画的不多,他又买了两块大砚台,一块红丝碧端,一块蕉叶白,手头就有些紧。进了腊月,他忽然想起一个主意:叫陈聋子用乌木做了十张方灯的架子,四面由他自己书画。自以为这主意很别致。他知道他的字画在扬州实在不大卖得动了,——太多了,几乎家家都有。过了正月初六,就叫陈聋子搭了李馥馨的船到南京找袁子才,托他代卖。凭子才的面子,他在南京的交往,估计不难推销出去。他希望一张卖五十两。少说,也能卖二十两。不说别的,单是乌木灯架,也值个三两二两的。那么,不无小补。

袁子才在小仓山房接见了陈聋子,很殷勤地询问了冬心先生的起居,最近又有什么轰动一时的诗文,说:"灯是好灯!诗、书、画,可称三绝。先放在我这里吧。"

金冬心原以为过了元宵,袁子才就会兑了银子来。不想过了清明,还没有消息。

现在,退回来了!

袁枚的信写得很有风致:"……金陵人只解吃鸭脯[1],光天白日,尚无目识字画,安能于灯光烛影中别其媸

---

[1] 脯指干鱼,鸭脯或指板鸭之类。——编者注

金 冬 心 105

妍耶？……"

这个老奸巨猾！不帮我卖灯，倒给我弄来十部《诗话》，让我替他向扬州的鹾贾打秋风！——俗！

晚上吃了一碗鸡丝面，早早就睡了。

今天一起来，很无聊。

喝了几杯苏州新到的碧萝春，念了两遍《金刚经》，趿着鞋，到小花圃里看了看。宝珠山茶开得正好，含笑也都有了骨朵了。然而提不起多大兴致。他惦记着那十盆兰花。他去杭州之前，瞿家花园新从福建运到十盆素心兰。那样大的一盆，每盆不愁有百十个箭子！索价五两一盆，不贵！要是袁子才替他把灯卖出去，这十盆建兰就会摆在他的小花圃苇棚下的石条上。这样的兰花，除了冬心先生，谁配？然而……

他踱回书斋里，把袁枚的信摊开又看了一遍，觉得袁枚的字很讨厌，而且从字里行间嚼出一点挖苦的意味。他想起陈聋子描绘的随园：有几棵柳树，几块石头，有一个半干的水池子，池子边种了十来棵木芙蓉，到处是草，草里有蜈蚣……这样一个破园子，会是江宁织造的大观园么？可笑！[1]此人惯会吹牛，装模作样！他顺手把《随园诗话》打开翻了几页，到处是倚人自重，借别人的赏识，为自己吹

---

[1] 袁枚曾说大观园就是他的随园。

嘘。有的诗，还算清新，然而，小聪明而已。正如此公自道："诗被人嫌只为多！"再看看标举的那些某夫人、某太夫人的诗，都不见佳。哈哈，竟然对毕秋帆也揄扬了一通！毕秋帆是什么？——商人耳！郑板桥对袁子才曾作过一句总评，说他是"斯文走狗"，不为过分！

他觉得心里痛快了一点，——不过，还是无聊。

他把陈聋子叫来，问问这些天有什么函件简帖。陈聋子捧出了一叠。金冬心拆看了几封，都没有什么意思，问："还有没有？"

陈聋子把脑门子一拍，说："有！——我差一点忘了，我把它单独放在拜匣里了：程雪门有一张请帖，来了三天了！"

"程雪门？"

"对对对！请你陪客。"

"请谁？"

"铁大人。"

"哪个铁大人？"

"新放的两淮盐务道铁保珊铁大人。"

"几时？"

"今天！中饭！平山堂！"

"你多误事！——去把帖子给我拿来！——去订一顶轿

子！——你真是！——快去！——哎哟！"

金冬心开始觉得今天有点意思了。

等着催请了两次，到第三次催请时，冬心先生换了衣履，坐上轿子，直奔平山堂。

程雪门是扬州一号大盐商，今天宴请新任盐务道，非比寻常！果然，等金冬心下了轿，往平山堂一看，只见扬州的名流显贵都已到齐。藩臬二司、河工漕运、当地耆绅、清客名士，济济一堂。花翎补服，辉煌耀眼；轻衣缓带，意态萧闲。程雪门已在正面榻座上陪着铁保珊说话，一眼看见金冬心来了，站起身来，铁保珊早抢步迎了出来。

"冬心先生！久仰！久仰得很哪！"

"岂敢岂敢！臣本布衣，幸瞻丰采！铁大人从都里来，一路风霜，辛苦了！"

"请！"

"请！请！"

铁保珊拉了金冬心入座。程雪门道了一声"得罪！"自去应酬别的客人。大家只见铁保珊倾侧着身子和金冬心谈得十分投机，金冬心不时点头抚掌，不知他们谈些什么，不免悄悄议论。

"雪门今天请金冬心来陪铁保珊，好大的面子！"

"听说是铁保珊指名要见的。"

"金冬心这时候才来,架子搭得不小!"

"看来他的字画行情要涨!"

稍顷宴齐,更衣入席。平山堂中,雁翅般摆开了五桌。正中一桌,首座自然是铁保珊。次座是金冬心。金冬心再三谦让,铁保珊一把把他按得坐下,说:"你再谦,大家就不好坐了!"金冬心只得从命。程雪门在这桌的主座上陪着。

今天的酒席很清淡。铁大人接连吃了几天满汉全席,实在是没有胃口,接到请帖,说:"请我,我到!可是我只想喝一碗晚米稀粥,就一碟香油拌疙瘩丝!"程雪门说一定照办。按扬州请客的规矩,菜单曾请铁保珊过了目。凉碟是金华竹叶腿、宁波瓦楞明蚶、黑龙江熏鹿脯、四川叙府糟蛋、兴化醉蛏鼻、东台醉泥螺、阳澄湖醉蟹、糟鹌鹑、糟鸭舌、高邮双黄鸭蛋、界首茶干拌荠菜、凉拌枸杞头……热菜也只是蟹白烧乌青菜、鸭肝泥酿怀山药、鲫鱼脑烩豆腐、烩青腿子口蘑、烧鹅掌。甲鱼只用裙边。鲟花鱼不用整条的,只取两块嘴后腮边眼下蒜瓣肉。车螯只取两块瑶柱。炒芙蓉鸡片塞牙,用大兴安岭活捕来的飞龙剁泥、鸽蛋清。烧烤不用乳猪,用果子狸。头菜不用翅唇参燕,清炖杨妃乳——新从江阴运到的河豚鱼。铁大人听说有河豚,说:"那得有炒蒌蒿呀!——'竹外桃花三两枝,春江水暖鸭先知。蒌蒿满地芦芽短,正是河豚欲上时',有蒌蒿,那才配称。"有有有!

金冬心　　109

随饭的炒菜也极素净：素炒蒌蒿薹、素炒金花菜、素炒豌豆苗、素炒紫芽姜、素炒马兰头、素炒凤尾——只有三片叶子的嫩莴苣尖、素烧黄芽白……铁大人听了菜单（他没有看）说是"这样好，'咬得菜根，则百事可做'"。他请金冬心过目，冬心先生说："'一箪食，一瓢饮'，农一介寒士，无可无不可的。"

金冬心尝了尝这一桌非时非地清淡而名贵的菜肴，又想起袁子才，想起他的《随园食单》，觉得他把几味家常鱼肉说得天花乱坠，真是寒乞相，嘴角不禁浮起一丝冷笑。

酒过三巡，铁保珊提出寡饮无趣，要行一个酒令。他提出的这个酒令叫做"飞红令"，各人说一句或两句古人诗词，要有"飞、红"二字，或明嵌、或暗藏，都可以。这令不算苛。他自己先说了两句："花谢花飞飞满天，红消香断有谁怜？"有人不识出处。旁边的人提醒他："《红楼梦》！"这时正是《红楼梦》大行的时候，"开谈不说《红楼梦》，纵读诗书也枉然"，不知出处的怕露怯，连忙说："哦，《红楼梦》！《红楼梦》！"下面也有说"一片花飞减却春"的，也有说"桃花乱落如红雨"的。有的说不上来，甘愿罚酒。也有的明明说得出，为了谦抑，故意说"我诗词上有限，认罚认罚！"借以凑趣的。临了，到了程雪门。程雪门说了一句：

"柳絮飞来片片红。"

大家先是愕然，接着就哗然了：

"柳絮飞来片片红，柳絮如何是红的？"

"无是理！无是理！"

"杜撰！杜撰无疑！"

"罚酒！罚酒！"

"满上！满上！喝了！喝了！"

程雪门也不知道自己怎么会诌出这样一句不通的诗来，正在满脸紫涨，无地自容，忽听得金冬心放下杯箸，从容言道：

"诸位莫吵。雪翁此诗有出处。这是元人咏平山堂的诗，用于今日，正好对景。"他站起身来，朗吟出全诗：

廿四桥边廿四风，

凭栏犹忆旧江东。

夕阳返照桃花渡，

柳絮飞来片片红。

大家一听，全都击掌：

"好诗！"

"好一个'柳絮飞来片片红'！妙！妙极了！"

"如此尖新，却又合情合理，这定是元人之诗，非唐非宋！"

"到底是冬心先生！元朝人的诗，我们知道得太少，惭

金冬心　111

愧惭愧！"

"想不到程雪翁如此博学！佩服！佩服！"

程雪门哈哈大笑，连说："过奖，过奖！——菜凉了，河鲀要趁热！"

于是大家的筷子一齐奔向杨妃乳。

铁保珊拈须沉吟：这是元朝人的诗么？

金冬心真是捷才！出口成章，不动声色。快，而且，好！有意境……

第二天，一清早，程雪门派人给金冬心送来一千两银子。金冬心叫陈聋子告诉瞿家花园，把十盆建兰立刻送来。

陈聋子刚要走，金冬心叫住他：

"不忙。先把这十张灯收到厢房里去。"

陈聋子提起两张灯，金冬心又叫住他：

"把这个——搬走！"

他指的是堆在地下的《随园诗话》。

陈聋子抱起《诗话》，走出书斋，听见冬心先生骂道：

"斯文走狗！"

陈聋子心想：他这是骂谁呢？

　　　　　　　　　　　一九八三年十月二十五日

安 乐 居

安乐居是一家小饭馆,挨着安乐林。

安乐林围墙上开了个月亮门,门头砖额上刻着三个经石峪体的大字,像那么回事。走进去,只有巴掌大的一块地方,有几十棵杨树。当中种了两棵丁香花,一棵白丁香,一棵紫丁香,这就是仅有的观赏植物了。这个林是没有什么逛头的,在林子里走一圈,五分钟就够了。附近一带养鸟的爱到这里来挂鸟。他们养的都是小鸟,红子居多,也有黄雀。大个的鸟,画眉、百灵是极少的。他们不像那些以养鸟为生活中第一大事的行家,照他们的说法是"瞎玩儿"。他们不养大鸟,觉得那太费事,"是它玩我,还是我玩它呀?"把鸟一挂,他们就蹲在地下说话儿,——也有自己带个马札儿来

＊初刊于《北京文学》一九八六年第九期,初收于《汪曾祺自选集》。

坐着的。

这么一片小树林子，名声却不小，附近几条胡同都是依此命名的。安乐林头条、安乐林二条……这个小饭馆叫做安乐居，挺合适。

安乐居不卖米饭炒菜。主食是包子、花卷。每天卖得不少，一半是附近的居民买回去的。这家饭馆其实叫个小酒铺更合适些。到这儿来的喝酒比吃饭的多。这家的酒只有一毛三分一两的。北京人喝酒，大致可以分为几个层次：喝一毛三的是一个层次，喝二锅头的是一个层次，喝红粮大曲、华灯大曲乃至衡水老白干的是一个层次，喝八大名酒是高层次，喝茅台的是最高层次。安乐居的"酒座"大都是属于一毛三层次，即最低层次的。他们有时也喝二锅头，但对二锅头颇有意见，觉得还不如一毛三的。一毛三，他们喝"服"了，觉得喝起来"顺"。他们有人甚至觉得大曲的味道不能容忍。安乐居天热的时候也卖散啤酒。

酒菜不少。煮花生豆、炸花生豆。暴腌鸡子。拌粉皮。猪头肉，——单要耳朵也成，都是熟人了！猪蹄，偶有猪尾巴，一忽的功夫就卖完了。也有时卖烧鸡、酱鸭、切块。最受欢迎的是兔头。一个酱兔头，三四毛钱，至大也就是五毛多钱，喝二两酒，够了。——这还是一年多以前的事，现在如果还有兔头，也该涨价了。这些酒客们吃兔头是有一定章法的，先掰哪儿，后掰哪儿，最后磕开脑绷骨，把兔脑掏出来吃掉。没有抓起来乱啃的。吃得非常干净，连一丝肉都不剩。安乐居每年卖出的兔头真不老少。这个小饭馆大可另挂一块招牌："兔头酒家"。

酒客进门，都有准时候。

头一个进来的总是老吕。安乐居十点半开门。一开门，老吕就进来。他总是坐在靠窗户一张桌子的东头的座位。一年三百六十五天，天天如此。这成了他的专座。他不是像一般人似的"垂足而坐"，而是一条腿盘着，一条腿曲着，像老太太坐炕似的踞坐在一张方凳上，——脱了鞋。他不喝安乐居的一毛三，总是自己带了酒来，用一个扁长的瓶子，一瓶子装三两。酒杯也是自备的。他是喝慢酒的，三两酒从十点半一直喝到十二点差一刻："我喝不来急酒。有人结婚，他们闹酒，我就一口也不喝，——回家自己再喝！"一边喝酒，吃兔头，一边不住地抽关东烟。他的烟袋如果丢了，有人捡到，一定会送还给他的。谁都认得：这是老吕的。白铜锅儿，白铜嘴儿，紫铜杆儿。他抽烟也抽得慢条斯理的，从不大口猛吸。这人整个儿是个慢性子。说话也慢。他也爱说话，但是他说一个什么事都只是客观地叙述，不大参加自己的意见，不动感情。一块喝酒的买了兔头，常要发一点感慨："那会儿，兔头，五分钱一个，还带俩耳朵！"老吕说：

安 乐 居

"那是多会儿？——说那个，没用！有兔头，就不错。"西头有一家姓屠的，一家子都很浑愣，爱打架。屠老头儿到永春饭馆去喝酒，和服务员吵起来了，伸手就揪人家脖领子。服务员一胳臂把他搡开了。他憋了一肚子气。回去跟儿子一说。他儿子二话没说，捡了块砖头，到了永春，一砖头就把服务员脑袋开了！结果：儿子抓进去了，屠老头还得负责人家的医药费。这件事老吕亲眼目睹。一块喝酒的问起，他详详细细叙述了全过程。坐在他对面的老聂听了，说：

"该！"

坐在里面犄角的老王说：

"这是什么买卖！"

老吕只是很平静地说："这回大概得老实两天。"

老吕在小红门一家木材厂下夜看门。每天骑车去，路上得走四十分钟。他想往近处挪挪，没有合适的地方，他说："算了！远就远点吧。"

他在木材厂喂了一条狗。他每天来喝酒，都带了一个塑料口袋，安乐居的顾客有吃剩的包子皮，碎骨头，他都捡起来，给狗带去。

头几天，有人要给他说一个后老伴，——他原先的老伴死了有二年多了。这事他的酒友都知道，知道他已经考虑了几天了，问起他："成了吗？"老吕说："——不说了。"他说

的时候神情很轻松,好像解决了一个什么难题。他的酒友也替他感到轻松。他们几乎异口同声地说:

"不说了?——不说了好!添乱!"

老吕于是慢慢地喝酒,慢慢地抽烟。

比老吕稍晚进店的是老聂。老聂总是坐在老吕的对面。老聂有个小毛病,说话爱眨巴眼。凡是说话爱眨眼的人,脾气都比较急。他喝酒也快,不像老吕一口一口地抿。老聂每次喝一两半酒,多一口也不喝。有人强往他酒碗里倒一点,他拿起酒碗就倒在地下。他来了,搁下一个小提包,转身骑车就去"奔"酒菜去了。他"奔"来的酒菜大都是羊肝、沙肝。这是为他的猫"奔"的,——他当然也吃点。他喂着一只小猫。"这猫可仁义!我一回去,它就在你身上蹭——蹭!"他爱吃豆制品。熏干、鸡腿、麻辣丝……小葱下来的时候,他常常用铝饭盒装来一些小葱拌豆腐。有一回他装来整整两饭盒腌香椿。"来吧!"他招呼全店酒友。"你哪来这么多香椿?——这得不少钱!"——"没花钱!乡下的亲家带的。我们家没人爱吃。"于是酒友们一人抓了一撮。剩下的,他都给了老吕。"吃完了,给我把饭盒带来!"一口把余酒喝净,退了杯,"回见!"出门上车,吱溜——没影儿了。

老聂原是做小买卖的。他在天津三不管卖过相当长时期炒肝。现在退休在家。电话局看中他家所在的"点",想在他家安公用电话。他嫌钱少,麻烦。挨着他家的汽水厂工会愿意每月贴给他三十块钱,把厂里职工的电话包了。他还在犹豫。酒友们给他参谋:"行了!电话局每月给钱,汽水厂三十,加上传电话、送电话,不少!坐在家里拿钱,哪儿找这么好的事去!"他一想:也是!

老聂的日子比过去"滋润"了,但是他每顿还是只喝一两半酒,多一口也不喝。

画家来了。画家风度翩翩,梳着长长的背发,永远一丝不乱。衣着入时而且合体。春秋天人造革猎服,冬天羽绒服。——他从来不戴帽子。这样的一表人材,安乐居少见。他在文化馆工作,算个知识分子,但对人很客气,彬彬有礼。他这喝酒真是别具一格:二两酒,一扬脖子,一口气,下去了。这种喝法,叫做"大车酒",过去赶大车的这么喝。西直门外还管这叫"骆驼酒",赶骆驼的这么喝。文墨人,这样喝法的,少有。他和老王过去是街坊。喝了酒,总要走过去说几句话。"我给您添点儿?"老王摆摆手,画家直起身来,向在座的酒友又都点了点头,走了。

我问过老王和老聂:"他的画怎么样?"

"没见过。"

上海老头来了。上海老头久住北京,但是口音未变。他的话很特别,在地道的上海话里往往掺杂一些北京语汇:"没门儿!""敢情!"甚至用一些北京的歇后语:"那末好!武大郎盘杠子——上下够不着!"他把这些北京语汇、歇后语一律上海话化了,北京字眼,上海语音,挺绝。上海老头家里挺不错,但是他爱在外面逛,在小酒馆喝酒。

"外面吃酒,——香!"

他从提包里摸出一个小饭盒,里面有一双截短了的筷子、多半块熏鱼、几只油爆虾、两块豆腐干。要了一两酒,用手纸擦擦筷子,吸了一口酒。

"您大概又是在别处已经喝了吧?"

"啊!我们吃酒格人,好比天上飞格一只鸟(读如'屌'),格小酒馆,好比地上一棵树。鸟飞在天上,看到树,总要落一落格。"

如此妙喻,我未之前闻,真是长了见识!

这只鸟喝完酒,收好筷子,盖好小饭盒,拎起提包,要飞了:

"晏歇会!——明儿见!"

他走了,老王问我:"他说什么?喝酒的都是屌?"

安乐居喝酒的都很有节制,很少有人喝过量的。也喝得很斯文,没有喝了酒胡咧咧的。只有一个人例外。这人是个瘸子,左腿短一截,走路时左脚跟着不了地,一晃一晃的。他自己说他原来是"勤行"——厨子，煎炒烹炸，南甜北咸，东辣西酸。说他能用两个鸡蛋打三碗汤，鸡蛋都得成片儿！但我没有再听到他还有什么特别的手艺，好像他的绝技只是两个鸡蛋打三碗汤。以这样的手艺自豪，至多也只能是一个"二荤铺"的"二把刀"。——"二荤铺"不卖鸡鸭鱼，什么菜都只是"肉上找"，——炒肉丝、熘肉片、扒肉条……。他现在在汽水厂当杂工，每天蹬平板三轮出去送汽水。这辆平板归他用，他就半公半私地拉一点生意。口袋里一有钱，就喝。外边喝了，回家还喝；家里喝了，外面还喝。有一回喝醉了，摔在黄土坑胡同口，脑袋碰在一块石头上，流了好些血。过两天，又来喝了。我问他："听说你摔了？"他把后脑勺伸过来，挺大一个口子。"唔！唔！"他不觉得这有什么丢脸，好像还挺光彩。他老婆早上在马路上扫街，挺好看的。有两个金牙，白天穿得挺讲究，色儿都是时兴的，走起路来扭腰拧胯，咳，挺是样儿。安乐居的熟人都替她惋惜："怎么嫁了这么个主儿！——她对瘸子还挺好！"有一回瘸子刚要了一两酒，他媳妇赶到安乐居来了，夺过他的酒碗，顺手就泼在了地上："走！"拽住瘸子就往外走，回头向喝酒的熟人解释："他在家里喝了三两了，出来又喝！"瘸子也不生气，也不发作，也不觉有什么难堪，乖乖地一摇一晃地家去了。

瘸子喝酒爱说。老是那一套，没人听他的。他一个人说。前言不搭后语，当中夹杂了很多"唔唔唔"：

"……宝三，宝善林[1]，唔唔唔，知道吗？宝三摔跤，唔唔唔。宝三的跤场在哪儿？知道吗？唔唔唔。大金牙、小金牙，唔唔唔。侯宝林。侯宝林是云里飞的徒弟，唔唔唔。《逍遥津》，'欺寡人'——'七挂人'，唔唔唔。干嘛老是'七挂人'？'七挂人'唔唔唔。天津人讲话：'嘛事你啦？'唔唔唔。二娃子，你可不咋着！唔唔唔……"

喝酒的对他这一套已经听惯了，他爱说让他说去吧！只有老聂有时给他两句：

"老是那一套，你贫不贫？有新鲜的没有？你对天桥熟，天桥四大名山，你知道吗？"

瘸子爱管闲事。有一回，在李村胡同里，一个市容检查员要罚一个卖花盆的款，他插进去了："你干嘛罚他？他一个卖花盆的，又不脏，又没有气味，'污染'，他'污染'什么啦？罚了款，你们好多拿奖金？你想钱想疯了！卖花盆的，大老远地推一车花盆，不容易！"他对卖花盆的说："你走！有什么话叫他朝我说！"很奇怪，他跟人辩理的时候话说得很明快，也没有那么多"唔唔唔"。

第二天，有人问起，他又把这档事从头至尾学说了一

---

1 初刊本为"宝善廷"。从初版本。——编者注

遍，有声有色。

老聂说："瘸子，你这回算办了件人事！"

"我净办人事！"

喝了几口酒，又来了他那一套：

"宝三，宝善林，知道吗？唔唔唔……"

老吕、老聂都说："又来了！这人，不经夸！"

"四大名山"？我问老王：

"天桥哪儿有个四大名山？"

"咳！四块石头。永定门外头[1]过去有那么一座小桥，——后来拆了。桥头一边有两块石头，这就叫'四大名山'。你要问老人们，这永定门一带景致多哩！这会儿都没有人知道了。"

老王养鸟，红子。他每天沿天坛根遛早，一手提一只鸟笼，有时还架着一只。他把架棍插在后脖领里。吃完早点，把鸟挂在安乐林，聊会天，大约十点三刻，到安乐居。他总是坐在把角靠墙的座位。把鸟笼放好，架棍插在老地方，打酒。除了有兔头，他一般不吃荤菜，或带一条黄瓜，或一个西红柿、一个橘子、一个苹果。老王话不多，但是有时打开话匣子，也能聊一气。

我跟他聊了几回，知道：

---

[1] "永定门外头"，初刊本为"天桥"。从初版本。——编者注

他原先是扛包的。

"我们这一行,不在三百六十行之内。三百六十行,没这一行!"

"你们这一行没有祖师爷?"

"没有!"

"有没有传授?"

"没有!不像给人搬家的,躺箱、立柜、八仙桌、桌子上还常带着茶壶茶碗自鸣钟,扛起来就走,不带磕着碰着一点的,那叫技术!我们这一行,有力气就行!"

"都扛什么?"

"什么都扛,主要是粮食。顶不好扛的是盐包,——包硬,支支楞楞的,硌。不随体。扛起来不得劲儿。扛包,扛个几天就会了。要说窍门,也有。一包粮食,一百多斤,搁在肩膀上,先得颠两下。一颠,哎,包跟人就合了槽了,合适了!扛熟了的,也能换换样儿。跟递包的一说:'您跟我立一个!'哎,立一个!"

"竖着扛?"

"竖着扛。您给我'搭'一个!"

"斜搭着?"

"斜搭着。"

"你们那会拿工资?计件?"

"不拿工资,也不是计件。有把头——"

"把头?把头不是都是坏人吗?封建把头嘛!"

"也不是!他自己也扛,扛得少点。把头接了一批活:'哥几个!就这一堆活,多会扛完了多会算。'每天晚半晌,先生结账,该多少多少钱。都一样。有临时有点事的,觉得身上不大合适的,半路地儿要走,您走!这一天没您的钱。"

"能混饱了?"

"能!那会吃得多!早晨起来,半斤猪头肉,一斤烙饼。中午,一样。每天每。晚半晌吃得少点。半斤饼,喝点稀的,喝一口酒。齐啦。——就怕下雨。赶上连阴天,惨啰:没活儿。怎么办呢,拿着面口袋,到一家熟粮店去:'掌柜的!''来啦!几斤?'告诉他几斤几斤,'接着!'没的说。赶天好了,拿了钱,赶紧给人家送回去。为人在世,讲信用:家里揭不开锅的时候,少!……

"……三年自然灾害,可把我饿惨了。浑身都膀了。两条腿,棉花条。别说一百多斤,十来多斤,我也扛不动。我们家还有一辆自行车,凤凰牌,九成新。我妈跟我爸说:'卖了吧,给孩子来一顿!'丰泽园!我叫了三个扒肉条,喝了半斤酒,开了十五个馒头,——馒头二两一个,三斤!我妈直害怕:'别把杂种操的撑死了哇!'……"

"您现在每天还能吃……?"

晚饭后的故事

"一斤粮食。"

"退休了？"

"早退了！——后来我们归了集体。干我们这行的，四十五就退休，没有过四十五的。现在扛包的也没有了，都改了传送带。"

老王现在每天夜晚在一个幼儿园看门。

"没事儿！扫扫院子，归置归置，下水道不通了，——通通！活动活动。老呆着干嘛呀，又没病！"

老王走道低着脑袋，上身微微往前倾，两腿叉得很开，步子慢而稳，还看得出有当年扛包的痕迹。

这天，安乐居来了三个小伙子：长头发、小胡子、大花衬衫、苹果牌牛仔裤、尖头高跟大盖鞋、变色眼镜。进门一看："嗨，有兔头！"——他们是冲着兔头来了。这三位要了十个兔头、三个猪蹄、一只鸭子、三盘包子，自己带来八瓶青岛啤酒，一边抽着"万宝路"，一边吃喝起来。安乐林喝酒的老酒座都瞟了他们一眼。三位吃喝了一阵，把筷子一摔，走了。都骑的是雅马哈。嘟嘟嘟……桌子上一堆碎骨头、咬了一口的包子皮，还有一盘没动过的包子。

老王看着那盘包子，撇了撇嘴：

"这是什么买卖！"

这是老王的口头语。凡是他不以为然的事，就说"这是什么买卖！"

老王有两个鸟友，也是酒友。都是老街坊，原先在一个院里住。这二位现在都够万元户。

一个是佟秀轩，是裱字画的。按时下的价目，裱一个单条：十四~十六元。他每天总可以裱个五六幅。这二年，家家都又愿意挂两条字画了。尤其是退休老干部。他们收藏"时贤"字画，自己也爱写、爱画。写了、画了，还自己掏钱裱了送人。因此，佟秀轩应接不暇。他收了两个徒弟。托纸、上板、揭画，都是徒弟的事。他就管管配绫子，装轴。他每天早上遛鸟。遛完了，如果活儿忙，就把鸟挂在安乐林，请熟人看着，回家刷两刷子。到了十一点多钟，到安乐林摘了鸟笼子，到安乐居。他来了，往往要带一点家制的酒菜：炖吊子、烩鸭血、拌肚丝儿……。佟秀轩穿得很整洁，尤其是脚下的两只鞋。他总是穿礼服呢花旗底的单鞋，圆口的，或是双脸皮梁靸鞋。这种鞋只有右安门一家高台阶的个体户能做。这个个体户原来是内联陞的师傅。

另一个是白薯大爷。他姓白，卖烤白薯。卖白薯的总有些邋遢，煤呀火呀的。白薯大爷出奇的干净。他个头很高大，两只圆圆的大眼睛，顾盼有神。他腰板绷直，甚至微微有点后仰，精神！蓝上衣，白套袖，腰系一条黑人造革的围裙，往白薯炉子后面一站，嘿！有个样儿！就说他的精神劲儿，让人相信他烤出来的白薯必定是栗子味儿的。白薯大爷卖烤白薯只卖一上午。天一亮，把白薯车子推出来，把鸟——红子，往安乐林一挂，自有熟人看着，他去卖他的白薯。到了十二点，收摊。想要吃白薯，明儿见啦您哪！摘了鸟笼，往安乐居。他喝酒不多。吃菜！他没有一颗牙了，上下牙床子光光的，但是什么都能吃，——除了铁蚕豆，吃什么都香。"烧鸡烂不烂？"——"烂！""来一只！"他买了一只鸡，撕巴撕巴，给老王来一块脯子，给酒友们让让："您来块？"别人都谢了，他一人把一只烧鸡一会的功夫全开了。"不赖，烂！"把鸡架子包起来，带回去熬白菜。"回见！"

这天，老王来了，坐着，桌上搁一瓶五星牌二锅头，看样子在等人。一会儿，佟秀轩来了，提着一瓶汾酒。

"走啊！"

"走！"

我问他们："不在这儿喝了？"

"白薯大爷请我们上他家去，来一顿！"

第二天，老王来了，我问：

"昨儿白薯大爷请你们吃什么好的了？"

"荞面条！——自己家里擀的。青椒！蒜！"

老吕、老聂一听：

"嘿！"

安乐居已经没有了。房子翻盖过了。现在那儿是一个什么贸易中心。

一九八六年七月五日晨写完

毋 忘 我

徐立和吕曼真是一对玉人。徐立长得有点像维吾尔人,黑而长的眉毛,头发有一点鬈。吕曼真像一颗香白杏。他们穿戴得很讲究,随时好像要到照相馆去照相。两人感情极好。每天早晨并肩骑自行车去上班,两辆车好像是一辆,只是有四个轱辘,两个座。居民楼的家属老太太背后叫他们是"天仙配"。这种赞美徐立和吕曼也知道,觉得有点俗,不过也还很喜欢。

吕曼死了,死于肺癌,徐立花了很高的价钱买了一个极其精致的骨灰盒,把吕曼骨灰捧回来。他把骨灰盒放在写字台上。写字台上很干净,东西很少,左侧是一盏台灯,右侧

---

* 初刊于一九八六年七月十二日《北京晚报》,初收于北师大版《汪曾祺全集》第二卷。

便是吕曼的骨灰盒。骨灰盒旁边是一个白瓷的小花瓶。花瓶里经常插一枝鲜花。马蹄莲、康乃馨、月季……有时他到野地里采来一丛蓝色的小花。有人问："这是什么花？"

"Forget-me-not."[1]

过了半年，徐立又认识了一个女朋友，名叫林茜。林茜长得也很好看，像一颗水蜜桃。林茜常上徐立家里来。来的次数越来越多，走得越来越晚。

他们要结婚了。

少不得要置办一些东西。丝棉被、毛毯、新枕套、床单。窗帘也要换换。林茜不喜欢原来窗帘的颜色。

林茜买了一个中号唐三彩骆驼。

"好看不好看？"

"好看！你的审美趣味很高。"

唐三彩放在哪儿呢？哪儿也不合适。林茜几次斜着眼睛看那骨灰盒。

第二天，骨灰盒挪开了。原来的地方放了唐三彩骆驼。骨灰盒放到哪里呢？徐立想了想，放到了阳台的一角。

过了半年，徐立搬家了。

什么都搬走了，只落下了吕曼的骨灰盒。

他忘了。

1　英语，毋忘我。

迟开的玫瑰或胡闹

邱韵龙是唱二花脸的。考科班的时候，教师看看他的长相，叫他喊两嗓子，说："学花脸吧。"科班教花脸戏，头几年行当分得没有那样细，一般的花脸戏都教。学花脸的，谁都愿意唱铜锤，——大花脸，大花脸挣钱多。邱韵龙自然也愿学大花脸。铜锤戏，《大（保国）、探（皇陵）、二（进宫）》、《御果园》、《锁五龙》……这些戏他都学过。但是祖师爷没赏他这碗饭，他的条件不够。唱铜锤得有一条好嗓子。他的嗓子只是"半条吭"（"吭"字读阴平），一般铜锤戏能勉强唱下来，但是"逢高不起"，遇有高音，只是把字报出来，使不了大腔，往往一句腔的后半截就"交给胡琴"。

---
* 初刊于《香港文学》一九九一年第一期，初收于《中国当代作家选集丛书·汪曾祺》。

内行所谓"龙音"、"虎音",他没有。不响堂,不打远,不挂味。铜锤要求有个好脑袋。最好的脑袋要数金少山。铜锤要有个锛儿头(大脑门儿),金少山有;大眼睛,他有;高鼻梁、高颧骨,有;方下巴、大嘴叉,有!这样扮出戏来才好看。可是邱韵龙没有。他的脑袋不小,但是圆呼呼的,肌肉松弛,轮廓不清楚,嘴唇挺厚,无威猛之气。唱铜锤也要讲身材,得是高个儿、宽肩膀、细腰,这样穿上蟒、靠,尤其是箭衣,才是样儿。邱韵龙个头不算很矮,但是上下身比例不对,有点五短。而且小时候就是个挺大的肚子,他还不大服气。出科以后,唱了几年,有了点名气,他曾经约了一个唱青衣的坤角贴过一出《霸王别姬》。一出台,就招了一个敞笑。霸王的脸谱属于"无双谱",既不是"三块瓦",也不是"十字门",眼窝朝下耷拉着,是个"愁脸"。这样的脸谱得是个长脸勾出来才好看。杨小楼是个长脸,勾出来好看。可是邱韵龙的脸短,勾出来不是样儿,再加上他的五短身材、大肚子,后台看他扮出戏,早就窃窃地笑开了:活脱像个熊猫。打那以后,他就死了唱大花脸这条心。他学过架子花,《醉打山门》、《芦花荡》这些戏也都会,但是出科就没有唱过。架子花要"身上"、要功架、要腰腿、要脆、要媚,他自己知道,以他那样的身材,唱这样的戏讨不了俏。因此,他唱偏重文戏的二花脸。他自有优势。他会"做戏",

台上的"尺寸"比较好,"傍角儿"演戏傍得很"严"。他的最好的戏是《四进士》的顾读,"一公堂"、"二公堂"烘托得很有气氛。他有一出算是主角的戏(二花脸多是配角),是《野猪林》。《野猪林》的鲁智深得袒着肚子,正合适。全国唱花脸的都算上,要找这么个肚子,还真找不出来。他唱戏很认真,不懈场,不"撒儿哄",不撒汤,不漏水。他奉行梨园行的一句格言:"小心干活,大胆拿钱"。因此名角班社都愿用他。他是个很称职的二路。海报上、报纸广告上总有他的名字,在京戏界"有这么一号"。他挣钱不少。比起挑班儿唱红了的"好角",没法儿比;比起三路、四路乃至"底帏子",他可是阔佬。"别人骑马我骑驴,回头再看推车的汉,——比上不足,比下有余"。

他在戏班里有一种优越感,他的文化程度比起同行师兄弟,要高出一截,用他自己的说法,是"头挑"。唱戏的,一般都是"幼而失学",他是高小毕了业的。打小,他爱瞧书、瞧报。他有个叔叔,是个小学教员,有一架子书,他差不多全看过。在戏班里,能看"三列国"(《三国演义》、《东周列国志》,戏班里合称之为"三列国"),就是圣人。他的书底子可远远超过"三列国"了。眼面前的小说,不但是《西游》、《水浒》、《红楼》,全都看得很熟,就连外国小说《基度山恩仇记》、《茶花女》、《莎氏乐府本事》,也都记得很清楚。他还有一样长处,是爱瞧电影,国产片、外国片——主要是美国电影,都看。他能背出很多美国电影故事和美国电影明星的名字。不过他把美国明星的名字一律都变成北京话化了。他叫卓别林为贾波林,秀兰邓波儿为沙利邓波,范朋克成了"小飞来伯",把奥丽薇得哈弗兰(这个名字也实在太长)简化为哈蕙兰,而且"哈"字读成上声,听起来好像是家住牛街的一位回民姑娘。他的叔叔鼓励他看电影,以为这对他的舞台表演有帮助。那倒也是。他会做戏,跟瞧电影多不无关系。更重要的是许多缠绵悱恻,风流浪漫的电影故事于不知不觉之中对他产生了影响,进入了潜意识。

他熟知北京的掌故、传说、故事、新闻。他爱聊,也会聊。戏班里的底包,尤其是跑龙套、跑宫女的年轻人,很爱听他刮话。什么四大凶宅、八大奇案,每天说一段,也能说个把月,不亚于王杰魁的《包公案》,陈士和的《聊斋》。他以此为乐,也以此为荣。试举他说过不止一次的两件奇闻为例:

有一个老花子在前门、大栅栏一带要饭。有一天,来了一个阔少,趴在地下就给老花子磕了三个头:"哎呀爸爸!您怎么在这儿,儿子找了您多少年了!快跟我回家去吧!"老花子心想:这是哪儿的事呀?我怎么出来个儿子,——一个阔少爷!不管它,家去再说!到了家,给老太爷更衣,到澡塘洗澡,剃头,戴上帽盔儿：嗨，还真有个福相。带着老太爷吃馆子、看戏。反正，怎么能讨老太爷喜欢怎么来。前门一带，这就嚷嚷动了：冯家的少爷（不知是哪位闲人，打听到这家姓冯）认了失散多年的老父亲。每逢父子俩坐着两辆包月车，踩着脚铃，一路叮叮当当地过去，总有人指指点点，谈论半天。天凉了，该给老太爷换季了。上哪儿买料子，——瑞蚨祥[1]。扶着老太爷，挑了好些料子，绸缎呢绒，都是整匹的，外搭上两件皮筒子，一件西狐肷，一件貂绒，都是贵重的稀物。一算账，哎呀，带的钱不够。"这么着吧，我回去取一趟，让老爷子在这儿坐会儿。东西，我先带着。我一会就来。快！"瑞蚨祥的上上下下对冯大少爷都有个耳闻，何况还有老太爷在这儿坐着呢？掌柜的就说："没事，没事！您尽管去。"一面给老太爷换了一遍茶叶。不想一等也不来，二等也不来，过了两个钟头了，掌柜的有点犯嘀咕，问："老太爷，您那少爷怎么还不来？"——"什么少爷！我跟他不认识！"掌柜的这才知道，受了骗了。行骗，总得先下点本儿，花一点时间。

廊房头条的珠宝店，现在没有多少值钱的东西了，

---

[1] 瑞蚨祥是北京最大的绸缎庄。

在以前，哪一家每天都要进出上万洋钱。有一家珠宝店，除了一般的首饰，专卖钻戒。有一天，来了一位阔少，要买钻戒。二柜拿出三盒钻戒请他挑。他坐在茶几旁边的椅子上，一面喝茶，一面挑选，左挑右挑，没有中意的。站起来，说了一声："对不起，麻烦你们了！"这就要走。二柜喊了一声："等等！"他发现钻戒少了一只。"你们要怎么样？"——"我们要搜！"——"搜不出来呢？"——"摆酒请客，赔偿名誉损失！""请搜。"解衣服，脱袜子，浑身上下，搜了一个遍：没有。珠宝店只好履行诺言，请客、赔偿。二柜直纳闷，这只钻戒是怎么丢的呢？除了柜上的伙计，顾客就他一个人呀。过了一些日子，珠宝店刷洗全堂家具，一个伙计在茶几背面发现一张膏药的痕迹，膏药当中正是那只钻戒的印子。原来，阔少挑钻戒时把这只钻戒贴在了茶几背面，过了几天，又由别的人来取走了。贴钻戒，这要手疾眼快。骗案，大都不是一个人，必有连裆。

邱韵龙把这些奇闻说得活灵活现，好像他亲眼目睹似的。其实都有所本。头一件奇闻，出于《三刻拍案惊奇》第九回。第二件奇闻的出处待查。他刮话的故事大都出于坊刻小说或《三六九画报》之类的小报。有些是道听途说。比如他说川岛芳子（金碧辉）要敲翡翠大王铁三一笔竹杠，铁三把她请到家里去，打开珍宝库的铁门，请她随便挑。这么多的"水碧"，连金碧辉也没有见过。她拿了一件，从此再不找铁三的麻烦。这件事就不知道可靠不可靠。不过铁三他是见过的，他说铁三有那么多钱，可是自奉却甚薄，爱吃个芝麻烧饼，这也有几分可信。金碧辉他也见过，经常穿着男装，或长袍马褂，或军装大马靴，爱到后台来鬼混。金碧辉枪毙，他没有赶上。有一个敌伪时期的汉奸，北京市副市长丁三爷绑赴刑场，他是看见的。这位丁三爷恶迹很多，但是对梨园行却很照顾。有戏班里的人犯了事，叫公安局或侦缉队薅去了，托一个名角去求他，他一个电话，就能把人要出来。因此，戏班里的人对他很有好感。那天，邱韵龙到前门外去买茶叶，正好赶上。他亲眼看到丁三爷五花大绑，押在卡车上。不过他没有赶去看丁三爷挨那一枪。他谨遵父亲大人的庭训：不入三场——杀场、火场、赌场。

不但上海绿宝之类的赌场他没有去过，就是戏班里耍钱，他也概不参加。过去，戏班时赌风很盛，后台每天都有一桌牌九。做庄的常是一个唱大丑的李四爷。他推出一条，开了门，手里控着色子，叫道："下呀！下呀！"大家纷纷下注，邱韵龙在一旁看着，心里冷笑：今天你下了，明天拿什么蒸（窝头）呀！

他不赌钱，不抽烟，不喝酒，唯一的爱好是吃。吃肉，尤其是肘子，冰糖肘子、红焖肘子、东坡肘子、锅烧肘子、四川菜的豆瓣肘子，是肘子就行。至不济，上海菜的小白蹄也凑合了。年轻的时候，晋阳饭庄的扒肘子，一个有小二斤，九寸盘，他用一只筷子由当中一豁，分成两半，掇起盘子来，呼噜呼噜，几口就"喝"了一半；把盘子掉个边，呼噜呼噜，那一半也下去了。中年以后，他对吃肉有点顾虑。他有个中医朋友，是心血管专家，自己也有高血压心脏病，也爱吃肉吃肘子。他问他："您是大夫，又有这样的病，还这么吃？"大夫回答他："他不明儿才死吗？"意思是说：今天不死，今天还吃。邱韵龙一想：也有道理！

邱韵龙精于算计。有时有几个师兄弟说："咱们来一顿"，得找上邱韵龙，因为他和好几家大饭馆的经理、跑堂的、掌勺的大师傅都熟，有他去，价廉物美。"来一顿"都是"吃公墩"，即"打平伙"，费用平摊。饭还没有吃完，他已经把账算出来，每人该多少钱，大家当场掏钱，由他汇总算账，准保一分也不差。他有时也请请客，有一个和他是"发小"[1]，现在又当了剧团领导的师弟，他有时会约他出来来一顿小吃，那不外是南横街的卤煮小肠、门框胡同的褡裢火烧、朝阳门大街的门钉肉饼，那费不了几个钱。

他二十二岁结的婚，娶的是著名武戏教师林恒利的女

---

[1] "发小"是从小一块长大的意思。

儿，比他大两岁。是林恒利相中的。他跟女儿说："你也别指望嫁一个挑班唱头牌的，我看也不会有唱头牌的相中你。再说，唱头牌的哪个不有点花花事儿？那气，你也受不了。我看韵龙不错，人老实。二牌，钱不少挣。"托人一说，成了。媳妇模样平常，人很贤惠，干什么都是利利索索的。他们生了个女儿。女儿像韵龙，胖呼呼的，挺好玩。邱韵龙爱若掌上明珠，常带她到后台来玩。媳妇每天得给他捉摸吃什么，不能老是肘子。有时给他焖一个锅子（涮羊肉），有时煨牛(肉)[1]，或是炒一盘羊尾巴油炒麻豆腐[2]。一来给他调剂调剂，二来也得照顾照顾女儿的味口。女儿读了外贸学院，工作了，结婚了，生孩子了。一转眼，邱韵龙结婚小四十年了。一家子过得风平浪静，和和美美。

万万没有想到：邱韵龙谈恋爱了！

消息传开了，很多人都不相信。

"邱韵龙谈恋爱？别逗啦！"

"他？他都六十出头啦！"

"谁要他呀？这么大的肚子！"

事实就是事实，邱韵龙不否认。

---

1 煨牛是用牛肋条肉文火煨透，得煨一夜。
2 麻豆腐是制粉丝下脚料，本身很便宜，但配料费钱，羊尾巴油很不易得。

女的是公共汽车公司卖月票的售票员，模样不错，照邱韵龙的说法是："高鼻梁，大眼睛，一笑两酒窝"。她四十几了，一年前死了丈夫。因为没有生过孩子，身材还挺苗条，说是三十大几，也说得过去。邱韵龙每月买月票，渐渐熟了，每次隔着售票处的窗口，总要搭搁几句。有一次，女的跟他说："我昨儿晚上瞧见您了，——在电视里。"——"你瞧见了吗？"那是一次春节晚会，有一个游艺节目，电影明星和体育健将的排球赛，——用轻气球，只许用头顶，邱韵龙是裁判。那天他穿了一件大花粗线毛衣，喊着裁判口令："红队，得分！"——"蓝队，过网击球，换发球！"本来这是逢场作戏，逗人一乐的事，比赛场内外笑声不绝，邱韵龙可是认真其事，奔过来，跑过去，吹哨子，叫口令，一丝不苟，神气十足。"您真精神！样子那么年轻，一点不显老！"——"是吗？"邱韵龙就爱听这句话，心里美不滋儿的。邱韵龙送过两回戏票，请她看戏。两个人看过几场电影，吃过几回小馆子，说话，这就到夏天了，他们逛了一回西山八大处。回来，邱韵龙送她回家。天热，女的拧了一个手巾把儿递给他："你擦擦汗。我到里屋擦把脸，你少坐一会。"过了一会，女的撩开门帘出来：一丝不挂。

有人劝邱韵龙："您都这么大的岁数了，您这是干什么？"

邱韵龙的回答是:"你说吃,咱们什么没吃过?你说穿,咱们什么没穿过?就这个,咱们没有干过呀!"

女的不愿这么不明不白,偷偷摸摸地过,她让他和老婆离婚,和她正式结婚。

他回和老婆提出,老婆说:"你说什么?"

他的一个弟妹(弟弟的媳妇)劝他不要这样,他说:

"我宁可精精致致地过几个月,也不愿窝窝囊囊地过几年。"

这实在是一句十分漂亮,十分精采的话,"精精致致"字眼下得极好,想不到邱韵龙的厚嘴唇里会吐出这样漂亮的语言!

他天天跟老婆蘑菇,没完没了。最后说:"你老不答应,赶明儿那大红花叫别人戴上了[1],你心里不难受呀?"

他的女儿听到母亲告诉她父亲的原话,说:"这是什么逻辑!"

老婆叫他纠缠得没有办法,说:"离!离!"他自觉于心有愧,什么也没有带,大彩电、电冰箱、洗衣机、成堂沙发、组合家具,全都留给发妻,只带了一个存折,两箱衣裳,"扫地出门",去过他那精精致致的日子去了。

他很注意保重身体。家里五屉柜一个抽屉里装的都是

---

[1] 作新郎,例于胸前戴绢制大红花一朵。

常用药。血压稍有波动,只要低压超过九十,高压超过一三〇,就上医务室要降压灵。家里常备氧气袋,见了过了六十的干部就奉劝道:"像咱们这个年龄,一定要有氧气袋!"他还举出最近逝世的两个熟人,说"那样的病情,吸一点氧气就过来了。家里人无知呀!"他犯过两次心绞痛,都不典型,心电图看不出太大的问题。这一天,他早餐后觉得心脏不大舒服,胸闷气短,就上医院去看看。医院离他家——他的新居很近,几步就到了,他是步行去的。他精神还挺好。头戴英国兔毛呢便帽,——唱花脸的得剃光头,不能留发,所以他对帽子就特别在意,他有好几顶便帽,都是进口货;穿着铁灰色澳毛薄呢大衣,脚下是礼服呢千层底布鞋,——他不爱穿皮鞋,上面不管穿什么,哪怕是西服,脚下也总是礼服呢面布鞋。他双手插在大衣兜里,缓缓地,然而是轻轻松松地在人行道上走着,像一个洋绅士在散步。他自我感觉良好,觉得自己很潇洒,觉得自己有一种美。这种美不是泰隆保华、罗拔泰勒那样的美,这是"旱香瓜——另一个味儿"。他觉得自己很有艺术家的气质、风度,他很有自信。这种自信在他恋爱之后就更加强化,更加实在了。他时时不免顾影自怜——在商店大橱窗的反光的玻璃前一瞥他自己的风采,他原以为没有事儿,上医院领一点药就回来了,没想到左前胸忽然剧痛,浑身冷汗下来了,几乎休克过去。医生一检查，当即决定，住院抢救：大面积心肌梗死。

住院抢救，须有家属陪住。叫谁来陪住呢？他的虽已登记，尚未正式结婚的新夫人不便前来，医院和剧团领导研究，还是得请他已经离婚的元配夫人来。

到底是结发夫妻，他的原先的老伴接到通知，二话没说，就到医院里来了，对他侍候得很周到。他大小便失禁，拉了一床，还得给人家医院洗床单。他神志清醒，也很知情，很感激。

他还没有过危险期，但是并没有把日子过糊涂了。正是月初，发薪的日子，他跟老伴说："你去给我把工资领来。"老伴说："你都病成这像儿了，还惦着这个干什么？"——"你去给我领来，我爱瞧这个！"老伴给他领来了工资，把一沓人民币放在他的枕边。他看了看人民币，一笑而逝。享年六十二岁。

他死后，由于种种原因，没有开追悼会。悼词不好写，写什么？追悼会的会场上家属位置上谁站着？

他死后，剧团的同事说："邱韵龙简直是胡闹！"

他的女儿说："我爸爸纯粹是自己嘬[1]的！

一九九〇年十月三日

---

[1] "嘬"是地道北京话，有自作自受，自己找死的意思，但语气更重。

捡烂纸的老头

烤肉刘早就不卖烤肉了,不过虎坊桥一带的人都还叫它烤肉刘。这是一家平民化的回民馆子,地方不小,东西实惠。卖大锅菜。炒辣豆腐。炒豆角、炒蒜苗、炒洋白菜,比较贵一点是黄焖羊肉,也就是块儿来钱一小碗。在后面做得了,用脸盆端出来,倒在几个深深的铁罐里,下面用微火煨着,倒总是温和的。有时也卖小勺炒菜:大葱炮羊肉,干炸丸子,它似蜜……。主食有米饭、花卷、芝麻烧饼、罗丝转。卖面条,浇炸酱、浇卤。夏天卖麻酱面。卖馅儿饼。烙饼的炉紧挨着门脸儿。一进门就听到饼铛里的油吱吱喳喳地响,饼香扑鼻,很诱人。

---

* 初刊于《新地文学》一九九一年第二卷第一期,初收于北师大版《汪曾祺全集》第二卷。

烤肉刘的买卖不错，一到饭口，尤其是中午，人总是满的。附近有几个小工厂，厂里没有食堂，烤肉刘就是他们的食堂。工人们都正在壮年，能吃，馅饼至少得来五个（半斤），一瓶啤酒，二两白的。女工多半是拿一个饭盒来，买馅饼，或炒豆腐、花卷，带到车间里去吃。有一些退了休的职工，不爱吃家里的饭，爱上烤肉刘来吃"野食"，想吃什么要点什么。有一个文质彬彬的主儿，原来当会计，他每天都到烤肉刘这儿来，他和家里人说定，每天两块钱的"挑费"，都扔在这儿。有一个煤站的副经理，现在也还参加劳动，手指甲缝都是黑的，他在烤肉刘吃了十来年了。他来了，没座位，服务员即刻从后面把他们自己坐的凳子提出一张来，把他安排在一个旮旯里。有炮肉，他总是来一盘炮肉，仨烧饼，二两酒。给他炮的这一盘肉，够别人的两盘。因为烤肉刘指着他保证用煤。这些，都是老主顾。还有一些流动客人，东北的，山西的，保定、石家庄的。大包小包，五颜六色。男人用手指甲剔牙，女人敞开怀喂奶。

有一个人是每天必到的，午晚两餐，都在这里。这条街上人都认识他，是个捡烂纸的。他穿得很破烂，总是一件油乎乎的烂棉袄，腰里系一根烂麻绳，没有衬衣，脸上说不清是什么颜色，好像是浅黄的。说不清有多大岁数，六十岁？七十岁？一嘴牙七长八短，残缺不全。你吃点软和的花卷，面条，不好么？不，他总是要三个烧饼，歪着脑袋努力地啃啃。烧饼吃完，站起身子，找一个别人用过的碗（他可不在乎这个），自言自语："跟他们寻一口面汤。"喝了面汤，"回见！"没人理他，因为不知道他是向谁说的。

一天，他和几个小伙子一桌。一个小伙子看了他一眼，跟同伴小声说了句什么，他多了心："你说谁哪？"小伙子没有理他。他放下烧饼，跳到店堂当间："出来！出来！"这是要打架。北京人过去打架，都到当街去打，不在店铺里打，免得损坏人家的东西搅了人家的买卖。"出来！出来！"是叫阵。没人劝。压根儿就没人注意他。打架？这么个糟老头子？这老头可真是糟，从里糟到外。这几个小伙子，随便哪一个，出去一拳准能把他揍趴下。小伙子们看看他，不理他。

这么个糟老头子想打架，是真的吗？他会打架吗？年轻的时候打过架吗？看样子，他没打过架，他哪是耍胳膊的人哪！他这是干什么？虚张声势？也说不上，无声势可言。没有人把他当一回事。

没人理他，他悻悻地回到座位上，把没吃完的烧饼很费劲地啃完了，情绪已经平复下来——本来也没有多大情绪。"跟他们寻口汤去。"喝了两口面汤，"回见！"

有几天没看见捡烂纸的老头了，听煤站的副经理说，他死了。死后，在他的破席子底下发现八千多块钱，一沓一沓，用麻筋捆得很整齐。

他攒下这些钱干什么？

瞎　鸟

经常到玉渊潭遛鸟——遛画眉的，有这几位：

老秦、老葛。他们固定的地点在东堤根底下。堤下有几棵杨树，可以挂鸟。有几个树墩子，可以坐坐。一边是苗圃，空气好。一边是一片杂草，开着浅蓝色的、金黄色的野花。他们选中这地方，是因为可以在草丛里捉到喂鸟的活食——蛐蛐、油葫芦。老葛说："鸟到了我们手里，就算它有造化！"老葛来得早，走得也早，他还不到退休年龄，赶八点钟还得回去上班。老秦已经"退"了。可以晚一点走。他有个孙子，他来遛鸟，孙子说："爷爷，你去遛鸟，给我逮俩玩艺儿。"老秦每天都要捉一两个挂大扁、唧嘹。实在

---

* 初刊于《新地文学》一九九一年第二卷第一期，初收于北师大版《汪曾祺全集》第二卷。

没有,至少也得逮一个"老道"——一种黄蝴蝶。他把这些玩艺儿放在一个旧窗纱做的小笼里。老秦、老葛都是只带一个画眉来。

　　堤面上的一位,每天蹬了自备的小三轮车来。他这三轮真是招眼:座垫、靠背都是玫瑰红平绒的,车上的零件锃亮。他每天带四个鸟来,挂在柳树上。他自己就坐在车上架着二郎腿,抽烟,看报,看人——看穿了游泳衣的女学生。他的鸟叫得不怎么样,可是鸟笼真讲究,一色是紫漆的,洋金大抓钩。鸟食罐都是成套的,绣墩式的、鱼缸式的、腰鼓式的;粉彩是粉彩,斗彩是斗彩,釉红彩是釉红彩,叭狗、金鱼、公鸡。

　　南岸是鸟友们会鸟的地方。湖边有几十棵大洋槐树,树下一片小空场,空场上石桌石凳。几十笼画眉挂在一起,叫成一片。鸟友们都认识,挂了鸟,就互相聊天。其中最活跃的有两位。一个叫小庞,其实也不小了,不过人长得少相。一个叫陈大吹,因为爱吹。小庞一逗他,他就打开了话匣子。陈大吹是个鸟油子。他养的鸟很多。每天用自行车载了八只来,轮流换。他不但对玉渊潭的画眉一只一只了如指掌,哪只有多少"口",哪只的眉子齐不齐,体肥还是体瘦,头大还是头小,哪一只从谁手里买的,花了多少钱,一清二楚,就是别处有什么出了名的鸟,天坛城根的,月坛公园的，龙潭湖的，他也能说出子午卯酉。大家爱跟他近乎，还因为他每天带了装水的壶来。一个三磅热水瓶那样大的浅黄色的硬塑料瓶，有个很严实的盖子，盖子上有一个弯头的管子，攥着壶，手一仄歪，就能给水罐里加上水，极其方便。他提搂着这个壶，看谁笼里水罐里水浅了，就给加一点。他还有个脾气，爱和别人换鸟。养鸟的有这个规矩，你看上我的鸟，我看上你的了，咱俩就可以换。有的愿意贴一点钱：一张（拾元）、两张、三张。说好了，马上就掏。随即开笼换鸟。一言为定，永不反悔。

　　老王，七十多岁了，原来是勤行——厨子，他养了一只画眉。他不大懂鸟，不知怎么误打误撞的叫他买到了这只鸟。这只画眉，官称"鸟王"。不但口全——能叫"十三套"，而且非常响亮，一摘开笼罩，往树上一挂，一张嘴，叫起来没完。他每天先到东岸堤根下挂一挂，然后转到南岸。他把鸟往槐树杈上一挂，几十笼画眉渐渐都停下来了，就听它一个"人"一套一套地叫。真是"一鸟入林，众鸟压声"。老王是个穷养鸟的，他的这个鸟笼实在不怎么样，抓钩发黑，笼罩是一条旧裤子改的，蓝不蓝白不白，而且泡泡囊囊的，和笼子不合体。他后来又托陈大吹买了一只生鸟，和鸟王挂在一起，希望能把这只生鸟"压"[1]出来。

　1　让生鸟向善叫的鸟学习鸣叫，叫"压"。

还有个每天来遛鸟的，叫"大裤裆"。他夏天总穿一条齐膝的大裤衩，裤裆特大。"大裤裆"独来独往，很少跟人过话。他骑车来，带四笼画眉。他爱让画眉洗澡，东堤根下有一条小沟，通向玉渊潭里湖，是为了苗圃浇水掘开的。水很浅，但很清。他把笼子放在沟底，画眉就抖开翅膀洗一阵。然后挂在杨树杈上过风；挨老王的鸟不远。他提出要用一只画眉和老王的生鸟换，老王随口说了句："换就换！""大裤裆"开了笼门就把两只鸟换了。

老王提了两只鸟笼遛了几天，他有点纳闷：怎么"大裤裆"的这只鸟一声也不叫唤呀？他提到南岸槐树林里让大家看看。会鸟的鸟友们围过来左端详右端详：唔？这是怎么回事？陈大吹过来看了一会，隔着笼子，用手在画眉面前挥了几下，画眉一点反应也没有。陈大吹说："你这鸟是个瞎子！"老王一跺脚："哎哟，我上了他的当了！"陈大吹问："你是跟谁换的？"——"大裤裆！"——"你怎么跟他换了？"——"他说'咱俩换换'，我随便说了句：'换就换！'"鸟友们都很气愤。有人说："跟他换回来！"但是，没这个规矩。

"大裤裆"骑车过南岸，陈大吹截住了他："你可缺了大德了！你怎么拿一只瞎鸟跟老王换？人家一个孤老头子，养活两只鸟，不容易！你这不是坑人吗？""大裤裆"振振有

瞎　鸟

词："你管得着吗？——这只鸟在我手里的时候不瞎！"这是死无对证的事。你说它本来就瞎，你看见了吗？"大裤裆"登上车，疾驶而去。众鸟友议论一阵，也就散开了。

鸟友们还是每天会鸟，陈大吹还是神吹，老秦、老葛在草丛抓活食，堤面上蹬玫瑰红三轮车的主儿还是抽烟，看报，看穿了游泳衣的女学生。

老王每天提了一只鸟王、一只瞎鸟，沿湖堤遛一圈。

这以后，很少看见"大裤裆"到玉渊潭来了。

一九九一年四月

要　帐

张老头八十六了（我很反对把所有数目字都改成阿拉伯字，那样很别扭），身体还挺好，只是耳朵聋，有时糊涂。有一次他一个人到铁匠营去，找不到自己的家了。他住在蒲黄榆，从蒲黄榆到铁匠营只有半站地。从此他就不往离他的家十步以外的地方遛跶。他总是在他所住的居民楼的下面的墙根底下坐着，除了刮大风，下雨，下雪。带着他的全部装备：一个马扎，一个棉垫子，都用麻绳吊在一起；一个紫红色的尼龙绸口袋，里面装的是眼镜盒，——他其实不看报，烟卷——他抽的是最次的烟，烟嘴，火柴……他手指上戴了三四个黄铜的戒指，纽扣孔里拖出一条钥匙链，一头塞

---

* 初刊于一九九四年三月二日《平顶山日报》，初收于北师大版《汪曾祺全集》第二卷。

在左上角衣兜里,仿佛这是一个怀表,——他"感觉"这就是怀表。他的腕子上经常套着山桃核的手串;有时是山核桃的,有时甚至是一串算盘珠。除了回家吃饭,他一天就这么坐着。

他不是一段木头,是个人。是人,脑子里总要想一些事。

这几个月来他天天想的一件事是他要到天津跟老李要帐。老李欠他五十块钱,他要去要回来。他跟他的二儿子说,叫儿子陪他上天津去。儿子说:"老李欠你五十块钱?我怎么没听说过?这是哪儿的事呀?"——"你知不道!那是俺们在天津'跑腿儿'时候的事,你知不道,你还年轻!"儿子被他纠缠不过,只好陪他上了一趟天津,七拐八弯到处打听,总算把老李找到了。

李老头也八十多了。

老哥俩见面倒还都认识。

奉了茶,敬了烟,李老头说:

"张大哥身子骨还挺硬朗?"

"硬朗着哪!"

"您咋会上天津来啦?有事?找人?"

过去有那么一路人,人家有什么事,他去帮忙打杂,叫做"跑腿儿"。

"有事！找人！"

"找谁？"

"找你！"

"找我有什么事？"

"找你要帐。"

"找我要帐？我欠你的帐？"

"欠。"

"什么时候我欠过你的帐？"

"那年，还是在咱们跑腿儿的时候，咱们合计过，合伙开一个煤铺，有这事没有？"

"有。"

"咱们合计，一个拿出五十块钱，有这事没有？"

"有。"

"你没拿这五十块钱，是不？"

"这事没有弄成，吹了。"

"管他吹了不吹了。你答应拿出五十块钱，你没拿，你欠我五十块钱，这钱你得还我。"

"你也答应拿五十块钱，你也没拿呀！"

"那是我的事，你不用管。你还我钱。"

两个老头吵得不可开交，只好上派出所去解决。

值班的民警听了两个老头的申诉，说：

"李老头和张老头合计合伙开煤铺,李老头答应拿出五十块钱,李老头没拿,李老头欠张老头五十块钱。现在判决李老头拿出五十块钱还给张老头。"

张老头胜诉,喜笑颜开。李老头只好拿出五十块钱,心里不服。

值班民警继续说:

"张老头答应拿出五十块钱,也没有拿,张老头欠李老头五十块钱,就该偿还。现决定,张老头将李老头还给张老头的五十块钱还给李老头。现在,谁也不欠谁的钱了,问题就这样解决了,你们都回去吧。"

张老头从天津回到北京,一直想不通。他一直认为李老头欠他的钱,整天想这件事。

张老头再活十年没有问题,他会想这件事想十年。

小　芳

小芳在我们家当过一个时期保姆,看我的孙女卉卉。从卉卉三个月一直看她到两岁零八个月进幼儿园日托。

她是安徽无为人。无为木田镇程家湾。无为是个穷县,地少人多。地势低,种水稻油菜。平常年月,打的粮食勉强够吃。地方常闹水灾。往往油菜正在开花,满地金黄,一场大水,全都完了。因此无为人出外谋生的很多。年轻女孩子多出来当保姆。北京人所说的"安徽小保姆",多一半是无为人。她们大都沾点亲。即或是不沾亲带故,一说起是无为哪里哪里的,很快就熟了。亲不亲,故乡人。她们互通声气,互相照应,常有来往。有时十个八个,约齐了同一天休

＊初刊于《中国作家》一九九一年第五期,初收于《中国当代作家选集丛书·汪曾祺》。

息（保姆一般两星期休息一次），结伴去逛北海，逛颐和园，逛大栅栏，逛百货大楼。她们很快就学会了说北京话，但在一起时都还是说无为话，叽叽呱呱，非常热闹。小芳到北京，是来找她的妹妹的。妹妹小华头年先到的北京。

小芳离家仓促，也没有和妹妹打个电报。妹妹接到她托别人写来的信，知道她要来，但不知道是哪一天，不知道车次、时间，没法去接她。小芳拿着妹妹的地址，一点办法没有。问人，人不知道。北京那么大，上哪儿找去？小芳在北京站住了一夜。后来是一个解放军战士把她带到妹妹所在那家的胡同。小华正出来倒垃圾，一看姐姐的样子，抱着姐姐就哭了。小华的"主家"人很好，说："叫你姐姐先洗洗，吃点东西。"

小芳先在一家呆了三个月，伺候一个瘫痪的老太太。老太太倒是很喜欢她。有一次小芳把碱面当成白糖放进牛奶里，老太太也并未生气。小芳不愿意伺候病人，经过辗转介绍，就由她妹妹带到了我们家，一呆就呆了下来。这么长的时间，关系一直很好。

小芳长得相当好看，高个儿，长腿，眉眼都不粗俗。她曾经在木田的照相馆照过一张相，照相馆放大了，陈列在橱窗里。她父亲看见了，大为生气："我的女儿怎么可以放在这里让大家看！"经过严重的交涉，照相馆终于同意把照片取了下来。

小芳很聪明,她的耳音特别的好,记性也好,不论什么歌、戏,她听一两遍就能唱下来,而且唱得很准,不走调。这真是难得的天赋。她会唱庐剧。庐剧是无为一带流行的地方戏。我问过小华:"你姐姐是怎么学会庐剧的?"——"村里的广播喇叭每天在报告新闻之后,总要放几段庐剧唱片,她听听,就会了。"木田镇有个庐剧团,小芳去考过。团长看她身材、长相、嗓音都好,可惜没有文化——小芳一共只念过四年书,也不识谱,但想进了团可以补习,就录取了她。小芳还在庐剧团唱过几出戏。她父亲知道了,坚决不同意,硬逼着小芳回了家。木田的庐剧团后来改成了县剧团,小芳的父亲有点后悔,因为到了县剧团就可以由农村户口转为城市户口,吃商品粮。小芳如果进了县剧团,她一生的命运就会有很大的不同,她是很可能唱红了的。庐剧的曲调曲折婉转,如泣如诉。她在老太太家时,有时一个人小声地唱,老太太家里人问她:"小芳,你哭啦?"——"我没哭,我在唱。"

小芳在我们家干的活不算重。做饭,洗大件的衣裳,这些都不要她管。她的任务就是看卉卉。小芳看卉卉很精心。卉卉的妈读研究生,住校,一个星期才回来一次,卉卉就全交给小芳了。城市育儿的一套,小芳都掌握了。按时给卉卉喝牛奶，吃水果，洗澡，换衣裳。每天上午，抱卉卉到楼下去玩。卉卉小时候长得很好玩，很结实，胖乎乎的，头发很浓，皮肤白嫩，两只大眼睛，谁见了都喜欢，都想抱抱。小芳于是很骄傲，小芳老是褒贬别人家的孩子："难看死了！"好像天底下就是她的卉卉最好。卉卉稍大一点，就带她到附近一个工地去玩沙土，摘喇叭花、狗尾巴草。每天还一定带卉卉到隔壁一个小学的操场上去拉一泡屎。拉完了，抱起卉卉就跑，怕被学校老师看见。上了楼，一进门："喝水！洗手！"卉卉洗手，洗她的小手绢，小芳就给卉卉做饭：蒸鸡蛋羹、青菜剁碎了加肝泥或肉末煮麦片、西红柿面条。小芳还爱给卉卉包饺子，一点点大的小饺子。

下午，卉卉睡一个很长的午觉，小芳就在一边整理卉卉的衣裳，缀缀线头松动的扣子，在绽开的衣缝上缝两针，一面轻轻地哼着庐剧。到后来为自己的歌声所催眠，她也困了，就靠在枕头上睡着了。

晚上，抱着卉卉看电视。小芳爱看电视连续剧、电影、地方戏。卉卉看动画片，看广告。卉卉看到电视里有什么新鲜东西，童装、玩具、巧克力，就说："我还没有这个呢！"她认为凡是她还没有的东西，她都应该有。有一次电视里有一盘大苹果，她要吃。小芳跟她解释："这拿不出来"，卉卉于是大哭。

卉卉有很多衣裳——她小姑、我的二女儿，就爱给她买衣裳，很多玩具。小芳有时给她收拾衣服、玩具，会发出感慨："卉卉的命好——我的命不好。"

小芳教卉卉唱了很多歌：

　　大海呀大海，
　　是我生长的地方……

　　没有花香，没有树高，
　　我是一棵无人知道的小草……

小芳唱这些歌，都带有一点忧郁的味道。

她还教卉卉念了不少歌谣。这些歌谣大概是她小时候念过的，不过她把无为字音都改成了北京字音。

　　老奶奶，真古怪，
　　躺在牙床不起来。
　　儿子给她买点儿肉，
　　媳妇给她打点儿酒，
　　摸不着鞋，摸不着裤，
　　套——狗——头！

　　老头子，
　　上山抓猴子，

小　芳　　161

猴子一蹦，

老头没用！

我有时跟卉卉起哄，就说："猴子没蹦，老头有用！"卉卉大叫："老头没用！"我只好承认："好好好，老头没用！"

我的大女儿有一次带了她的女儿芃芃来，她一般都是两个星期来一次。天热，孩子要洗澡，卉卉和芃芃一起洗。澡盆里放了水，让她们自己在水里先玩一会。芃芃把卉卉咬了三口，卉卉大哭。咬得很重，三个通红的牙印。芃芃小，小芳不好说她什么，我的大女儿在一边，小芳也不好说她什么，就对卉卉的妈大发脾气："就是你！你干嘛不好好看着她！"卉卉的妈只好苦笑。她在心里很感激小芳，卉卉被咬成这样，小芳心疼。

有一次，小芳在厨房里洗衣裳，卉卉一个人在屋里玩。她不知怎么把门划上了，自己不会开，出不来，就在屋里大哭。小芳进不去，在门外也大哭，一面说："卉卉！卉卉！别怕！别怕！"后来是一个搞建筑的邻居，拿了斧子凿子，在门上凿了一个洞。小芳把手从洞里伸进去，卉卉一把拽住不放。门开了，卉卉扑在小芳怀里。小芳身上的肉还在跳。门上的这个圆洞，现在还在。

卉卉跟阿姨很亲，有时很懂事。小芳有经痛病，每个月总要有两天躺着，卉卉就一个人在小床里玩洋娃娃，玩积木,不要阿姨抱,也不吵着要下楼。小华每个月要给小芳送益母草膏、当归丸。卉卉都记住了。小华一来,卉卉就问她:"你是给小芳阿姨送益母草膏来了吗?"她的洋娃娃病了,她就说:"吃一点益母草膏吧!吃一点当归丸吧!"但卉卉有时乱发脾气,无理取闹。她叫小芳:"站到窗户台上去!"

小芳看看窗户台:"窗户台这么窄,我站不上去呀!"

"站到床栏杆上去!"

"这怎么站呀!"

"坐到暖气上去!"

"烫!"

"到厨房呆着去!"

小芳于是委委屈屈地到厨房里去站着。

过了一会,卉卉又非常亲热地喊:"阿姨!小芳阿姨!"小芳于是高高兴兴地回到她们俩所住的屋里。

一个两岁的孩子为什么会有这种古怪的恶作剧的念头呢?这在幼儿心理学上怎么解释?

小芳送卉卉上幼儿园。她拿脚顶着教室的门,不让老师关,她要看卉卉。卉卉全不理会,头也不回,噜噜噜噜,走近她自己的小板凳,坐下了。小芳一个人回来。她的心里空了一块。

小芳的命是不好。她才六个月,就由奶奶做主,许给了她的姨表哥李德树。她从小就不喜欢李德树，越大越不喜欢。李德树相貌委琐。他生过癞痢，头顶上有一块很大的秃疤，亮光光的，小芳看见他就讨厌。李德树的家境原来比小芳家要好些，但是他好赌，程家湾、木田的赌场只要开了，总会有他。赌得只剩下三间土房。他不务正业，田里的草长得老高。这人是个二流子，常常做出丢脸的事。

　　小芳十五岁的时候就常一个人到山上去哭。天黑了，她妈妈在山下叫她，她不答应。她告诉我们，她那时什么也不怕，狼也不怕。她自杀过一次，喝农药，被发现了，送到木田医院里救活了。中国农村妇女自杀，过去多是投河、上吊，自从有了农药，喝农药的多，这比较省事。乡镇医院对急救农药中毒大都很有经验了。她后来在枕头下面藏了两小瓶敌敌畏，小华知道。小华和姐姐睡一床，随时监视着她。有一次，小芳到村外大河去投水，她妹妹拼命地追上了她，抱着她的腿。小芳揪住妹妹头发，往石头上碰，叫她撒手。小华的头被磕破了，满脸是血，就是不撒手："姐！我不能让你去死！你嫁过去，好赖也是活着，死了就什么也没有了！"

　　小芳到底还是和李德树结婚了。领结婚证那天，小芳自己都没去，是她父亲代办的。表兄妹是不能结婚的，近亲结婚是法律不允许的。这个道理，小芳的奶奶当然不知道，她认为这是亲上做亲。小芳的父亲也不知道。小芳自己是到了我们家之后，我的老伴告诉她，她才知道的。办理结婚登记手续的村干部应该知道，何况本人并未到场，怎么可以就把结婚证发给他们呢？

李德树跟邻居借了几件家具，把三间土房布置一下，就算办了事。小芳和李德树并未同房。李德树知道她身上揣着敌敌畏，也不敢对她怎么样。

小芳一天也过不下去，就天天回家哭。哭得父亲心也软了。小华后来对我们说："究竟是亲骨肉呀。"父亲说："那你走吧。不要从家里走。李德树要来要人。"小芳乘李德树出去赌钱，收拾了一点东西，从木田坐汽车到合肥，又从合肥坐火车到了北京。她实际上是逃出来的。

小芳在我们家呆了一些时，家乡有人来，告诉小芳，李德树被抓起来了。他和另外四个痞子合伙偷了人家一头牛，杀了吃了，人家告到公安局，公安局把他抓进去了。小芳很高兴，她希望他永远不要放出来。这怎么可能呢？偷牛，判不了无期。

李德树到北京来了！他要小芳跟他回去。他先找到小华，小华打了个电话给小芳。李德树有我们家的地址，他找到了，不敢上来，就在楼下转。小芳下了楼，对他说："你来干什么？我不能跟你回去！"楼下有几个小保姆，知道小芳的事，就围住李德树，把他骂了一顿："你还想娶小芳！瞧你那德行！""你快走吧！一会公安局就来人抓你！"李德树竟然叫她们哄走了。

过些日子，小芳的父亲来信，叫小芳快回来，李德树扬言，要烧他们家的房子，杀她的弟弟，她妈带着她弟弟躲进了山里。小芳于是下决心回去一趟。小芳这回有了主见了，她在北京就给木田法院写了一封信，请求离婚，并寄去离婚诉讼所需费用。

小芳在合肥要下火车，车进站时，她发现李德树在站上等着她。小芳穿了一件玫瑰红人造革的短大衣，半高跟皮鞋，戴起墨镜，大摇大摆从李德树面前走过，李德树竟没认出来！

小芳坐上往木田的汽车一直回到家里。

李德树伙同几个朋友，就是和他一同偷牛的几个痞子，半夜里把小芳抢了出来。小芳两手抱着一棵树，大声喊叫："卉卉！卉卉！"——喊卉卉干什么？卉卉能救你么？

李德树让他的嫂子看着小芳。嫂子很同情小芳。小芳对嫂子说："我想到木田去洗个澡。"嫂子说："去吧。"小芳到了木田，跑到法院去吵了一顿："你们收了我的钱，为什么不给我办离婚？"法院不理她。小芳就从木田到合肥坐火车到北京来了。

我们有个亲戚在安徽，和省妇联的一个负责干部很熟。

我们把小芳的情况给那亲戚写了一封信,那位亲戚和妇联的同志反映了一下,恰好这位同志要到无为视察工作,向木田法院问及小芳的问题。法院只好受理小芳的案子,判离,但要小芳付给李德树九百块钱。

小芳的父亲拿出一点钱,小芳拿出她的全部积蓄,小华又帮她借了一点钱,陆续偿给了李德树,小芳自由了。

李德树拿了九百块钱,很快就输光了。

小芳离开我们家后,到一家个体户的糖果糕点厂去做糖果,在丰台。糕点厂有个小胡,是小芳的同乡,每天蹬平板三轮到市里给各家送货。小芳有一天去看妹妹,带了小胡一起去。小华心里想:你怎么把一个男的带到我这里来了!是不是他们好了?看姐姐的眼睛,就是的,悄悄地问:"你们是不是好了?"姐姐笑了。小华拿眼看了看小胡,说:"太矮了!"小芳说:"矮一点有什么关系,要那么高干什么!"据小华说:"我姐喜欢他有文化。小胡读过初中。她自己没有文化,特别喜欢有文化的人。"

还得小胡回去托人到小芳家说媒。私订终身是不兴的。小胡先走两天,小芳接着也回了家。

到了家,她妈对她说:"你明天去看看三舅妈,你好久没看见她了,她想你。"小芳想,也是,就提了一包糕点厂的点心去了。

去了，才知道，哪是三舅妈想她呀，是叫她去让人相亲。程家湾出了个万元户。这人是靠倒卖衣裳发财的。从福建石狮贩了衣服，拆掉原来的商标，换上假名牌。一百元买进，三百元卖出。这位倒爷对小芳很中意，说小芳嫁给他，小芳家的生活他包了，还可供她弟弟上学。小芳说："他就是亿万富翁，我也不嫁给他！"她妈说："小胡家穷，只有三间土房。"小芳说："穷就穷点，只要人好！"

小芳和小胡结了婚，一年后生了个女儿，取名也叫卉卉。

我们的卉卉有很多穿过的衣裳，留着也没有用，卉卉的妈就给小芳寄去，寄了不止一次。小芳让她的卉卉穿了寄去的衣裳照了一张相寄了来。小芳的卉卉像小芳。

家里过不下去，小芳两口子还得上北京来，那家糖果糕点厂还愿意要他们。

小芳带了小胡上我们家来。小胡是矮了一点。其实也不算太矮，只是因为小芳高，显得他矮了。小胡的样子很清秀，人很文静，像个知识分子。小芳可是又黑又瘦，瘦得颧骨都凸出来了，神情很憔悴。卉卉已经上幼儿园大班，不怎么记得小芳了，问小芳："你就是带过我的那个阿姨吗？"小芳一把把她抱了起来，卉卉就粘在小芳身上不下来。

不到一年，小芳又回去了，她想她的女儿。

过不久，小胡也回去了，家里的责任田得有人种。

小芳小产了两次。医生警告她："你不能再生了，再生就有危险！"小芳从小身体就不好。小芳说："我一定要给他们家留一条根！"小芳终于生了一个儿子。小华说："这孩子是他们家的一条龙！"

小芳一直很想卉卉。她来信要卉卉的照片，卉卉的妈不断给她寄去。她要卉卉的录音，卉卉的妈给她录了一盘卉卉唱歌讲故事的磁带。卉卉的妈叫卉卉跟小芳说几句话。卉卉扭扭捏捏地说："说什么呀？"——"随便！随便说几句！"卉卉想了想，说：

"小芳阿姨，你好吗？我很想你，我记得你很多事。"

听小华说，小芳现在生活很苦，有时连盐都没有。没盐了，小胡就拿了网，打一二斤鱼，到木田卖了，买点盐。

我问小华："小芳现在就是一心只想把两个孩子拉扯大了？"

小华说："就是。"

小芳现在还唱庐剧吗？

可能还会唱，在她哄孩子睡觉的时候。

一九九一年五月二十八日

昙花、鹤和鬼火

邻居夏老人送给李小龙一盆昙花。昙花在这一带是很少见的。夏老人很会养花,什么花都有。李小龙很小就听说过"昙花一现"。夏老人指给他看:"这就是昙花。"李小龙欢欢喜喜地把花抱回来了。他的心欢喜得咚咚地跳。

李小龙给它浇水,松土。白天搬到屋外。晚上搬进屋里,放在床前的高茶几上。早上睁开眼第一件事便是看看他的昙花。放学回来,连书包都不放,先去看看昙花。

昙花长得很好,长出了好几片新叶,嫩绿嫩绿的。

李小龙盼着昙花开。

昙花茁了骨朵儿了!

李小龙上课不安心,他总是怕昙花在他不在身边的时候

---

* 初刊于《东方少年》一九八四年第一期,初收于《晚饭花集》。

开了。他听说昙花开,无定时,说开就开了。

晚上,他睡得很晚,守着昙花。他听说昙花常常是夜晚开。

昙花就要开了。

昙花还没有开。

一天夜里,李小龙在梦里闻到一股醉人的香味。他忽然惊醒了:昙花开了!

李小龙一轱辘坐了起来,划根火柴,点亮了煤油灯:昙花真的开了!

李小龙好像在做梦。

昙花真美呀!雪白雪白的。白得像玉,像通草,像天上的云。花心淡黄,淡得像没有颜色,淡得真雅。她像一个睡醒的美人,正在舒展着她的肢体,一面吹出醉人的香气。啊呀,真香呀!香死了!

李小龙两手托着下巴,目不转睛地看着昙花。看了很久,很久。

他困了。他想就这样看它一夜,但是他困了。吹熄了灯,他睡了。一睡就睡着了。

睡着之后,他做了一个梦,梦见昙花开了。

于是李小龙有了两盆昙花。一盆在他的床前,一盆在他的梦里。

昙花、鹤和鬼火 171

李小龙已经是中学生了。过了一个暑假，上初二了。

初中在东门里，原是一个道士观，叫赞化宫。李小龙的家在北门外东街。从李小龙家到中学可以走两条路。一条进北门走城里，一条走城外。李小龙上学的时候都是走城外，因为近得多。放学有时走城外，有时走城里。走城里是为了看热闹或是买纸笔，买糖果零吃。

从李小龙家的巷子出来，是越塘。越塘边经常停着一些粪船。那是乡下人上城来买粪的。李小龙小时候刚学会摺纸手工时，常摺的便是"粪船"。其实这只纸船是空的，装什么都可以。小孩子因为常常看见这样的船装粪，就名之曰粪船了。

从越塘的坡岸走上来，右手有几家种菜的。左边便是菜地。李小龙看见种菜的种青菜，种萝卜。看他们浇粪，浇水。种菜的用一个长把的水舀子舀满了水，手臂一挥舞，水就像扇面一样均匀地洒开了。青菜一天一个样，一天一天长高了，全都直直地立着，都很精神，很水灵。萝卜原来像菜，后来露出红红的"背儿"，就像萝卜了。他看见扁豆开花，扁豆结角了。看见芝麻。芝麻可不好看，直不老挺，四方四棱的秆子，结了好些带小毛刺的蒴果。蒴果里就是芝麻粒了。"你就是芝麻呀！"李小龙过去没有见过芝麻。他觉得芝麻能榨油，给人吃，这非常神奇。

过了菜地，有一条不很宽的石头路。铺路的石头不整齐，大大小小，而且都是光滑的，圆乎乎的，不好走。人不好走，牛更不好走。李小龙常常看见一头牛的一只前腿或后腿的蹄子在圆石头上"霍——哒"一声滑了一下，——然而他没有看见牛滑得摔倒过。牛好像特别爱在这条路上拉屎。路上随时可以看见几堆牛屎。

石头路两侧各有两座牌坊，都是青石的。大小、模样都差不多。李小龙知道，这是贞节牌坊。谁也不知道这是谁家的，是为哪一个守节的寡妇立的。那么，这不是白立了么？牌坊上有很多麻雀做窠。麻雀一天到晚叽叽喳喳地叫，好像是牌坊自己叽叽喳喳叫着似的。牌坊当然不会叫，石头是没有声音的。

石头路的东边是农田，西边是一片很大的苇荡子。苇荡子的尽头是一片乌猛猛的杂树林子。林子后面是善因寺。从石头路往善因寺有一条小路，很少人走。李小龙有一次一个人走了一截，觉得怪瘆得慌。

春天，苇荡子里有很多蝌蚪，忙忙碌碌地甩着小尾巴。很快，就变成了小蛤蟆。小蛤蟆每天早上横过石头路乱蹦。你们干嘛乱蹦，不好老实呆着吗？小蛤蟆很快就成了大蛤蟆，咕呱乱叫！

昙花、鹤和鬼火　　　173

走完石头路,是傅公桥。从东门流过来的护城河往北,从北城流过来的护城河往东,在这里汇合,流入澄子河。傅公桥正跨在汇流的河上。这是一座洋松木桥。两根桥梁,上面横铺着立着的洋松木的扁方子,用巨大的铁螺丝固定在桥梁上。洋松扁方并不密接,每两方之间留着和扁方宽度相等的空隙。从桥上过,可以看见水从下面流。有时一团青草,一片破芦席片顺水漂过来,也看得见它们从桥下悠悠地漂过去。

李小龙从初一读到初二了,来来回回从桥上过,他已经过了多少次了?

为什么叫做傅公桥?傅公是谁?谁也不知道。

过了傅公桥,是一条很宽很平的大路,当地人把它叫做"马路"。走在这样很宽很平的大路上,是很痛快,很舒服的。

马路东,是一大片农田。这是"学田"。这片田因为可以直接从护城河引水灌溉,所以庄稼长得特别的好,每年的收成都是别处的田地比不了的。

李小龙看见过割稻子。看见过种麦子。春天,他爱下了马路,从麦子地里走,一直走到东门口。麦子还没有"起身"的时候,是不怕踩的,越踩越旺。麦子一天一天长高了。他掰下几粒青麦子,搓去外皮,放进嘴里嚼。他一辈子记得青麦子的清香甘美的味道。他看见过割麦子。看见过插秧。插秧是个大喜的日子，好比是娶媳妇，聘闺女。插秧的人总是精精神神的，脾气也特别温和。又忙碌，又从容，凡事有条有理。他们的眼睛里流动着对于粮食和土地的脉脉的深情。一天又一天，哈，稻子长得齐李小龙的腰了。不论是麦子，是稻子，挨着马路的地边的一排长得特别好。总有几丛长得又高又壮，比周围的稻麦高出好些。李小龙想，这大概是由于过路的行人曾经对着它撒过尿。小风吹着丰盛的庄稼的绿叶，沙沙地响，像一首遥远的、温柔的歌。李小龙在歌里轻快地走着……

李小龙有时挨着庄稼地走，有时挨着河沿走。河对岸是一带黑黑的城墙，城墙垛子一个、一个、一个，整齐地排列着。城墙外面，有一溜荒地，长了好些狗尾巴草、扎蓬、苍耳和风播下来的旅生的芦秧。草丛里一定有很多蝈蝈，蝈蝈把它们的吵闹声音都送到河这边来了。下面，是护城河。随着上游水闸的启闭，河水有时大，有时小；有时急，有时慢。水急的时候，挨着岸边的水会倒流回去，李小龙觉得很奇怪。过路的大人告诉他：这叫"回溜"。水是从运河里流下来的，是浑水，颜色黄黄的。黑黑的城墙，碧绿的田地，白白的马路，黄黄的河水。

去年冬天，有一天，下大雪，李小龙一大早上学去，他发现河水是红颜色的！很红很红，红得像玫瑰花。李小龙想：也许是雪把河变红了。雪那样厚，雪把什么都盖成一片白，于是衬得河水是红的了。也许是河水自己这一天发红了。他捉摸不透。但是他千真万确看见了一条红水河。雪地上还没有人走过，李小龙独自一人，踏着积雪，他的脚踩得积雪咯吱咯吱地响。雪白雪白的原野上流着一条玫瑰红色的河，那样单纯，那样鲜明而奇特，这种景色，李小龙从来没有看见过，以后也没有看见过。

有一天早晨，李小龙看到一只鹤。秋天了，庄稼都收割了，扁豆和芝麻都拔了秧，树叶落了，芦苇都黄了，芦花雪白，人的眼界空阔了。空气非常凉爽。天空淡蓝淡蓝的，淡得像水。李小龙一抬头，看见天上飞着一只东西。鹤！他立刻知道，这是一只鹤。李小龙没有见过真的鹤，他只在画里见过，他自己还画过。不过，这的的确确是一只鹤。真奇怪，怎么会有一只鹤呢？这一带从来没有人家养过一只鹤，更不用说是野鹤了。然而这真是一只鹤呀！鹤沿着北边城墙的上空往东飞去。飞得很高，很慢，雪白的身子，雪白的翅膀，两只长腿伸在后面。李小龙看得很清楚，清楚极了！李小龙看得呆了。鹤是那样美，又教人觉得很凄凉。

鹤慢慢地飞着，飞过傅公桥的上空，渐渐地飞远了。

李小龙痴立在桥上。

李小龙多少年还忘不了那天的印象，忘不了那种难遇的凄凉的美，那只神秘的孤鹤。

李小龙后来长大了，到了很多地方，看到过很多鹤。

不，这都不是李小龙的那只鹤。

世界上的诗人们，你们能找得到李小龙的鹤么？

李小龙放学回家晚了。教图画手工的张先生给了他一个任务，让他刻一副竹子的对联。对联不大，只有三尺高。选一段好毛竹，一剖为二，刳去竹节，用砂纸和竹节草打磨光滑了，这就是一副对子。联文是很平常的：

惜花春起早

爱月夜眠迟

字是请善因寺的和尚石桥写的，写的是石鼓。因为李小龙上初一的时候就在家跟父亲学刻图章，已经刻了一年，张先生知道他懂得一点篆书的笔意，才把这副对子交给他刻。刻起来并不费事，把字的笔划的边廓刻深，再用刀把边线之间的竹皮铲平，见到"二青"就行了。不过竹皮很滑，竹面又是圆的，需要手劲。张先生怕他带来带去，把竹皮上墨书的字蹭模糊了，教他就在他的画室里刻。张先生的画室在一个小楼上。小楼在学校东北角，是赞化宫的遗物，原来大概是供吕洞宾的，很旧了。楼的三面都是紫竹，——紫竹城里别处极少见，学生习惯就把这座楼叫成"紫竹楼"。李小龙每天下课后，上楼来刻一个字，刻完回家。已经刻了一个多星期了。这天就剩下"眠迟"两个字了，心想一气刻完了得了，明天好填上石绿挂起来看看，就贪刻了一会。偏偏石鼓文体的"迟"字笔划又多，时间不知不觉就过去了。刻完了"迟"字的"走之"，揉揉眼睛，一看：呀，天都黑了！而且听到隐隐的雷声，——要下雨了：赶紧走。他背起书包直奔东门。出了东门，听到东门外铁板桥下轰鸣震耳的水声，他有点犹豫了。

东门外是刑场（后来李小龙到过很多地方，发现别处的刑场都在西门外。按中国的传统观念，西方主杀，不知道本县的刑场为什么在东门外）。对着东门不远，有一片空地，空地上现在还有一些浅浅的圆坑，据说当初杀人就是让犯人跪在坑里，由背后向第三个颈椎的接缝处切一刀。现在不兴杀头了，枪毙犯人——当地叫做"铳人"，还是在这里。李小龙的同学有时上着课，听到街上拉长音的凄惨的号声，就知道要铳人了。他们下了课赶去看，有时能看到尸首，有时看到地下一摊血。东门桥是全县唯一的一座铁板桥。桥下有闸。桥南桥北水位落差很大，河水倾跌下来，声音很吓人。当地人把这座桥叫做掉魂桥，说是临刑的犯人到了桥上，听到水声，魂就掉了。

有关于这里的很多鬼故事。流传得最广的是一个：有一个人赶夜路，远远看见一个瓜棚，点着一盏灯。他走过去，想借个火吸一袋烟。里面坐着几个人。他招呼一下，就掏出烟袋来凑在灯火上吸烟，不想怎么吸也吸不着。他很纳闷，用手摸摸灯火，火是凉的！坐着的几个人哈哈大笑。笑完了，一齐用手把脑袋搬了下来。行路人吓得赶紧飞奔。奔了一气，又碰得几个人在星光下坐着聊天，他走近去，说刚才他碰见的事，怎么怎么，他们把头就搬下来了。这几个聊天的人说："这有什么稀奇，我们都能这样！"……

李小龙犹豫了一下，还是走上铁板桥了。他的脚步踏得桥上的铁板当当地响。

天骤然黑下来了，雨云密结，天阴得很严。下了桥，他就掉在黑暗里了。什么也看不见，只能看到一条灰白的痕迹，是马路；黑糊糊的一片，是稻田。好在这条路他走得很熟，闭着眼也能走到，不会掉到河里去，走吧！他听见河水哗哗地响，流得比平常好像更急。听见稻子的新秀的穗子摆动着，稻粒磨擦着发出细碎的声音。一个什么东西窜过马路！——大概是一只獾子。什么东西落进河水了，——"卜嗵"！他的脚清楚地感觉到脚下的路。一个圆形的浅坑，这是一个牛蹄印子，干了。谁在这里扔了一块西瓜皮！差点摔了我一跤！天上不时扯一个闪。青色的闪，金色的闪，紫色的闪。闪电照亮一块黑云,黑云翻滚着,绞扭着,像一个暴怒的人正在憋着一腔怒火。闪电照亮一棵小柳树,张牙舞爪,像一个妖怪。

李小龙走着,在黑暗里走着,一个人。他走得很快,比平常要快得多,真是"大步流星",踏踏踏踏地走着。他听见自己的两只裤脚擦得刹刹地响。

一半沉着,一半害怕。

不太害怕。

刚下掉魂桥,走过刑场旁边时,头皮紧了一下,有点怕,以后就好了。

他甚至觉得有点豪迈。

快要到了。前面就是傅公桥。"行百里者半九十",今天上国文课时他刚听高先生讲过这句古文。

上了傅公桥,李小龙的脚步放慢了。

这是什么?

他从来没有看见过。

一道一道碧绿的光。在苇荡上。

李小龙知道,这是鬼火。他听说过。

绿光飞来飞去。它们飞舞着,一道一道碧绿的抛物线。绿光飞得很慢,好像在幽幽地哭泣。忽然又飞快了,聚在一起;又散开了,好像又笑了,笑得那样轻。绿光纵横交错,织成了一面疏网；忽然又飞向高处，落下来，像一道放慢了的喷泉。绿光在集会，在交谈。你们谈什么？……

李小龙真想多停一会，这些绿光多美呀！

但是李小龙没有停下来，说实在的，他还是有点紧张的。

但是他也没有跑。他知道他要是一跑，鬼火就会追上来。他在小学上自然课时就听老师讲过，"鬼火"不过是空气里的磷，在大雨将临的时候，磷就活跃起来。见到鬼火，要沉着，不能跑，一跑，把气流带动了，鬼火就会跟着你追。你跑得越快，它追得越紧。虽然明知道这是磷，是一种物质，不是什么"鬼火"，不过一群绿光追着你，还是怕人的。

李小龙用平常的速度轻轻地走着。

到了贞节牌坊跟前倒真的吓了他一跳！一条黑影，迎面向他走来。是个人！这人碰到李小龙，大概也有点紧张，跟小龙擦身而过，头也不回，匆匆地走了。这个人，那么黑的天，你跑到马上要下大雨的田野里去干什么？

到了几户种菜人家的跟前，李小龙的心才真的落了下来。种菜人家的窗缝里漏出了灯光。

李小龙一口气跑到家里。刚进门，"哗——"大雨就下下来了。

昙花、鹤和鬼火

李小龙搬了一张小板凳，在灯光照不到的廊檐下，对着大雨倾注的空庭，一个人呆呆地想了半天。他要想想今天的印象。

李小龙想：我还是走回来了。我走在半道上没有想退回去。如果退回去，我就输了，输给黑暗，又输给了我自己。

李小龙回想着鬼火，他觉得鬼火很美。

李小龙看见过鬼火了，他又长大了一岁。

一九八三年九月十三日于北京蒲黄榆新居

桥边小说三篇

詹大胖子

詹大胖子是五小的斋夫。五小是县立第五小学的简称。斋夫就是后来的校工、工友。詹大胖子那会,还叫做斋夫。这是一个很古的称呼。后来就没有人叫了。"斋夫"废除于何时,谁也不知道。

詹大胖子是个大胖子。很胖,而且很白。是个大白胖子。尤其是夏天,他穿了白夏布的背心,露出胸脯和肚子,浑身的肉一走一哆嗦,就显得更白,更胖。他偶尔喝一点酒,生一点气,脸色就变成粉红的,成了一个粉红脸的大白胖子。

---

* 初刊于《收获》一九八六年第二期,初收于《汪曾祺自选集》。

五小的校长张蕴之、学校的教员——先生，叫他詹大。五小的学生叫他的时候必用全称：詹大胖子。其实叫他詹胖子也就可以了，但是学生都愿意叫他詹大胖子，并不省略。

一个斋夫怎么可以是一个大胖子呢？然而五小的学生不奇怪。他们都觉得詹大胖子就应该像他那样。他们想象不出一个瘦斋夫是什么样子。詹大胖子如果不胖，五小就会变样子了。詹大胖子是五小的一部分。他当斋夫已经好多年了。似乎他生下来就是一个斋夫。

詹大胖子的主要职务是摇上课铃、下课铃。他在屋里坐着。他有一间小屋，在学校一进大门的拐角，也就是学校最南端。这间小屋原来盖了是为了当门房即传达室用的，但五小没有什么事可传达，来了人，大摇大摆就进来了，詹大胖子连问也不问。这间小屋就成了詹大胖子的宿舍。他在屋里坐着，看看钟。他屋里有一架挂钟。这学校有两架挂钟，一架在教务处。詹大胖子一早起来第一件事便是上这两架钟。喀拉喀拉，上得很足，然后才去开大门。他看看钟，到时候了，就提了一只铃铛，走出来，一边走，一边摇：叮当、叮当、叮当……从南头摇到北头。上课了。学生奔到教室里，规规矩矩坐下来。下课了！詹大胖子的铃声摇得小学生的心里一亮。呼——都从教室里窜出来了。打秋千、踢毽子、拍皮球、抓子儿……

晚饭后的故事

詹大胖子摇坏了好多铃铛。

后来，有一班毕业生凑钱买了一口小铜钟，送给母校留纪念，詹大胖子就从摇铃改为打钟。

一口很好看的钟，黄铜的，亮晶晶的。

铜钟用一条小铁链吊在小操场路边两棵梧桐树之间。铜钟有一个锤子，悬在当中，锤子下端垂下一条麻绳。詹大胖子扯动麻绳，钟就响了：当、当、当、当……钟不打的时候，麻绳绕在梧桐树干上，打一个活结。

梧桐树一年一年长高了。钟也随着高了。

五小的孩子也高了。

詹大胖子还有一件常做的事，是剪冬青树。这个学校有几个地方都栽着冬青树的树墙子，大礼堂门前左右两边各有一道，校园外边一道，幼稚园门外两边各有一道。冬青树长得很快，过些时，树头就长出来了，参差不齐，乱蓬蓬的。詹大胖子就拿了一把很大的剪子，两手执着剪子把，叭嗒叭嗒地剪，剪得一地冬青叶子。冬青树墙子的头平了，整整齐齐的。学校里于是到处都是冬青树嫩叶子的清香清香的气味。

詹大胖子老是剪冬青树。一个学期得剪几回。似乎詹大胖子所做的主要的事便是摇铃——打钟，剪冬青树。

詹大胖子很胖，但是剪起冬青树来很卖力。他好像跟冬青树有仇，又好像很爱这些树。

詹大胖子还给校园里的花浇水。

这个校园没有多大点。冬青树墙子里种着羊胡子草。有两棵桃树，两棵李树，一棵柳树，有一架十姊妹，一架紫藤。当中圆形的花池子里却有一丛不大容易见到的铁树。这丛铁树有一年还开过花，学校外面很多人都跑来看过。另外就是一些草花，剪秋罗、虞美人……。还有一棵鱼儿牡丹。詹大胖子就给这些花浇水。用一个很大的喷壶。

秋天，詹大胖子扫梧桐叶。学校有几棵梧桐。刮了大风，刮得一地的梧桐叶。梧桐叶子干了，踩在上面沙沙地响。詹大胖子用一把大竹扫帚扫，把枯叶子堆在一起，烧掉。黑的烟，红的火。

詹大胖子还做什么事呢？他给老师烧水。烧开水，烧洗脸水。教务处有一口煤球炉子。詹大胖子每天生炉子，用一把芭蕉扇忽哒忽哒地扇。煤球炉子上坐一把白铁壶。

他还帮先生印考试卷子。詹大胖子推油印机滚子，先生翻页儿。考试卷子印好了，就把蜡纸点火烧掉。烧油墨味儿飘出来，坐在教室里都闻得见。

每年寒假、暑假，詹大胖子要做一件事，到学生家去送成绩单。全校学生有二百人，詹大胖子一家一家去送。成绩单装在一个信封里，信封左边写着学生的住址、姓名，当中朱红的长方框里印了三个字："贵家长"。右侧下方盖了一个长方图章:"县立第五小学"。学生的家长是很重视成绩单的,他们拆开信封看:国语九十八,算术八十六……看完了就给詹大胖子酒钱。

詹大胖子和学生生活最最直接有关的,除了摇上课铃、下课铃,——打上课钟、下课钟之外,是他卖花生糖、芝麻糖。他在他那间小屋里卖。他那小屋里有一个一面装了玻璃的长方匣子,里面放着花生糖、芝麻糖。詹大胖子摇了下课铃,或是打了上课钟,有的学生就趁先生不注意的时候,溜到詹大胖子屋里买花生糖、芝麻糖。

詹大胖子很坏。他的糖比外面摊子上的卖得贵。贵好多!但是五小的学生只好跟他去买,因为学校有规定,不许"私出校门"。

校长张蕴之不许詹大胖子卖糖,把他叫到校长室训了一顿。说:学生在校不许吃零食;他的糖不卫生;他赚学生的钱,不道德。

但是詹大胖子还是卖,偷偷地卖。他摇下课铃或打上课钟的时候,左手捏着花生糖、芝麻糖,藏在袖筒里。有学生要买糖,走近来,他就做一个眼色,叫学生随他到校长、教员看不到的地方,接钱,给糖。

五小的学生差不多全跟詹大胖子买过糖。他们长大了,想起五小,一定会想起詹大胖子,想起詹大胖子卖花生糖、芝麻糖。

詹大胖子就是这样,一年又一年,过得很平静。除了放寒假、放暑假,他回家,其余的时候,都住在学校里。——放寒假,学校里没有人。下了几场雪,一个学校都是白的。暑假里,学生有时还到学校里玩玩。学校里到处长了很高的草。

每天放了学,先生、学生都走了,学校空了。五小就剩下两个人,有时三个。除了詹大胖子,还有一个女教员王文蕙。有时,校长张蕴之也在学校里住。

王文蕙家在湖西,家里没有人。她有时回湖西看看亲戚,平时住在学校里。住在幼稚园里头一间朝南的小房间里。她教一年级、二年级算术。她长得不难看,脸上有几颗麻子,走起路来步子很轻。她有一点奇怪,眼睛里老是含着微笑。一边走,一边微笑。一个人笑。笑什么呢?有的男教员背后议论:有点神经病。但是除了老是微笑,看不出她有什么病,挺正常的。她上课,跟别人没有什么不同。她教加法,减法,领着学生念乘法表:

"一一得一,

一二得二,

二二得四⋯⋯"

下了课,走回她的小屋,改学生的练习。有时停下笔来，听幼稚园的小朋友唱歌：

"小羊儿乖乖，

把门儿开开，

快点儿开开，

我要进来……"

晚上，她点了煤油灯看书。看《红楼梦》、《花月痕》、张恨水的《金粉世家》、李清照的词。有时轻轻地哼《木兰词》。"唧唧复唧唧，木兰当户织……"有时给她在女子师范的老同学写信。写这个小学，写十姊妹和紫藤，写班上的学生都很可爱，她跟学生在一起很快乐，还回忆她们在学校时某一次春游，感叹光阴如流水。这些信都写得很长。

校长张蕴之并不特别的凶，但是学生都怕他。因为他可以开除学生。学生犯了大错，就在教务处外面的布告栏里贴出一张布告：学生某某某，犯了什么过错，著即开除学籍，"以维校规，而警效尤，此布"，下面盖着校长很大的签名戳子："张蕴之"。"张蕴之"三个字有一种看不见的力量。

他也教一班课，教五年级或六年级国文。他念课文的时候摇晃脑袋，抑扬顿挫，有声有色，腔调像戏台上老生的道白。"晋太原中，武陵人，捕鱼为业……""一路秋山红叶，老圃黄花，不觉到了济南地界。到了济南，只见家家泉水，户户垂杨……"

他爱写挽联。写好了，就用按钉钉在教务处的墙上，让同事们欣赏。教员们就都围过来，指手划脚，称赞哪一句写得好，哪几个字很有笔力。张蕴之于是非常得意，但又不太忘形。他简直希望他的亲友家多死几个人，好使他能写一副挽联送去，挂起来。

他有家。他有时在家里住，有时住在学校里，说家里孩子吵，学校里清静，他要读书，写文章。

有时候，放了学，除了詹大胖子，学校里就剩下张蕴之和王文蕙。

王文蕙常常一个人在校园里走走，散散步。王文蕙散完步，常常看见张蕴之站在教务处门口的台阶上。王文蕙向张蕴之笑笑，点点头。张蕴之也笑笑，点点头。王文蕙回去了，张蕴之看着她的背影，一直看到王文蕙走进幼稚园的前门。

张蕴之晚上读书。读《聊斋志异》、《池北偶谈》、《两般秋雨盦随笔》、《曾文正公家书》、《板桥道情》、《绿野仙踪》、《海上花列传》……

校长室的北窗正对着王文蕙的南窗，当中隔一个幼稚园的游戏场。游戏场上有秋千架、压板、滑梯。张蕴之和王文蕙的煤油灯遥遥相对。

一天晚上，张蕴之到王文蕙屋里去，说是来借字典。王文蕙把字典交给他。他不走,东拉西扯地聊开了。聊《葬花词》,聊"寻寻觅觅冷冷清清凄凄惨惨切切"。王文蕙不知道他要干什么,心里怦怦地跳。忽然,"噗!"张蕴之把煤油灯吹熄了。

张蕴之常常在夜里偷偷地到王文蕙屋里去。

这事瞒不过詹大胖子。詹大胖子有时夜里要起来各处看看。怕小偷进来偷了油印机、偷了铜钟、偷了烧开水的白铁壶。

詹大胖子很生气。他一个人在屋里悄悄地骂:"张蕴之!你不是个东西!你有老婆,有孩子,你干这种缺德的事!人家还是个姑娘,孤苦伶仃的,你叫她以后怎么办,怎么嫁人!"

这事也瞒不了五小的教员。因为王文蕙常常脉脉含情地看张蕴之,而且她身上洒了香水。她在路上走,眼睛里含笑,笑得更加明亮了。

有一天,放学时,有一个姓谢的教员路过詹大胖子的小屋时,走进去,对他说:"詹大,你今天晚上到我家里来一趟。"詹大胖子不知道有什么事。

姓谢的教员是个纨绔子弟,外号谢大少。学生给他编了一首顺口溜:

谢大少,

捉虼蚤。

虼蚤蹦，

他也蹦，

他妈说他是个大无用！

谢大少家离五小很近，几步就到了。

谢大少问了詹大胖子几句闲话，然后，问：

"张蕴之夜里是不是常常到王文蕙屋里去？"

詹大胖子一听，知道了：谢大少要抓住张蕴之的把柄，好把张蕴之轰走，他来当五小校长。詹大胖子连忙说：

"没有！没有的事！没有的事不能瞎说！"

詹大胖子不是维护张蕴之，他是维护王文蕙。

从此詹大胖子卖花生糖、芝麻糖就不太避着张蕴之了。

詹大胖子还是当他的斋夫，打钟，剪冬青树，卖花生糖、芝麻糖。

后来，张蕴之到四小当校长去了，王文蕙到远远的一个镇上教书去了。

后来，张蕴之死了，王文蕙也死了（她一直没有嫁人）。詹大胖子也死了。

这城里很多人都死了。

一九八五年十一月二十日

幽 冥 钟

"姑苏城外寒山寺，夜半钟声到客船"。很早很早以前（大概从宋朝开始）就有人提出过怀疑，认为夜半不是撞钟的时候。我从小就觉得很奇怪：为什么夜半不是撞钟的时候呢？我的家乡就是夜半撞钟的。而且只有夜半撞。半夜，子时，十二点。别的时候，白天，还听不到撞钟。"暮鼓晨钟"。我们那里没有晨钟，只有夜半钟。这种钟，叫做"幽冥钟"。撞钟的是承天寺。

关于承天寺，有一个传说。传说张士诚是在这里登基的。张士诚是泰州人。泰州是我们的邻县。史称他是盐贩出身。盐贩，即贩私盐的。中国的盐，秦汉以来，就是官卖。卖盐的店，称为"官盐店"。官盐税重，价昂。于是有人贩卖私盐。卖私盐是犯法的事。这种人都是亡命之徒，要钱不要命。遇到缉私的官兵，便要动武。这种人在官方的文书里被称为"盐匪"。瓦岗寨的程咬金就贩过私盐。在苏北里下河一带，一提起"私盐贩子"或"贩私盐的"，大家便知道这是什么角色。张士诚就是这样一个角色。元至正十三年，他从泰州起事，打到我的家乡高邮。次年，称"诚王"，国号"周"。我的家乡还出过一位皇帝（他不是我们县的人，但称王确是在我们县），这实在应该算是我们县历史上的第一号大人物。我们县的有名人物最古的是秦王子婴。现在还有一条河，叫子婴河。以后隔了很多年，出了一个秦少游。再以后，出了王念孙、王引之父子。但是真正叱咤风云的英雄，应该是张士诚。可是我前几年回乡，翻看县志，关于张士诚，竟无一字记载，真是怪事！

但是民间有一些关于张士诚的传说。

张士诚在承天寺登基，找人来写承天寺的匾。来了很多读书人。他们提起笔来，刚刚写了两笔，就叫张士诚拉出去杀了。接连杀了好几个。旁边的人问他："为什么杀他们？"张士诚说："你看看他们写的是什么？'了'，是个了字！老子才当皇帝就'了'了，日他妈妈的！"后来来了个读书人。他先写了一个"王"字，再写了左边的"丿"，右边的"㇏"，再写上边的"一"，然后一竖到底。张士诚一看大喜，连说："这就对了！——先称王，左有文臣，右有武将，戴上平天冠，皇基永固，一贯到底！——赏！"

我小时读的小学就在承天寺的旁边，每天都要经过承天寺，曾经细看过承天寺山门的石刻的匾额，发现上面的"承"字仍是一般笔顺，合乎八法的"承"字，没有先称王、左文右武、戴了皇冠、一贯到底的痕迹。

我也怀疑张士诚是不是在承天寺登的基，因为承天寺一点也看不出曾经是一座皇宫的格局。

承天寺在城北西边，挨近运河。城北的大寺共有三座。一座善因寺，庙产甚多，最为鲜明华丽，就是小说《受戒》里写的明海受戒的那座寺。一座是天王寺，就是陈小手被打死的寺。天王寺佛事较盛。寺西门外有一片空地，时常有人家来"烧房子"。烧房子似是我乡特有的风俗。"房子"是纸扎店扎的，和真房子一样，只是小一些。也有几层几进，有堂屋卧室，房间里还有座钟、水烟袋，日常所需，一应俱全。照例还有一个后花园，里面"种"着花（纸花）。房子立在空地上，小孩子可以走进去参观。房子下面铺了一层稻草。天王寺的和尚敲着鼓磬铙钹在房子旁边念一通经（不知道是什么经），这一家的一个男丁举火把房子烧了，于是这座房子便归该宅的先人冥中收用了。天王寺气象远不如善因寺，但房屋还整齐，——因此常常驻兵。独有承天寺，却相当残破了。寺是古寺。张士诚在这里登基，虽不可靠，但说不定元朝就已经有这座寺。

一进山门，哼哈二将和四大天王的颜色都暗淡了。大雄宝殿的房顶上长了好些枯草和瓦松。大殿里很昏暗，神龛佛案都无光泽，触鼻是陈年的香灰和尘土的气息。一点声音都没有，整座寺好像是空的。偶尔有一两个和尚走动，衣履敝旧，神色凄凉。——不像善因寺的和尚，一个一个，都是红光满面的。

大殿西侧，有一座罗汉堂。罗汉也多年没有装金了。长眉罗汉的眉毛只剩了一只，那一只不知哪一年脱落了，他就只好捻着一只单独的眉毛坐在那里。罗汉堂外面，有两棵很大的白果树，有几百年了。夏天，一地浓荫。冬天，满阶黄叶。

罗汉堂东南角有一口钟，相当高大。钟用铁链吊在很粗壮的木架上。旁边是从房梁挂下来的撞钟的木杵。钟前是一尊地藏菩萨的一尺多高的金身佛像。地藏菩萨戴着毗卢帽，跏趺而坐，低眉闭目，神色慈祥。地藏菩萨前面点着一盏小油灯，灯光幽微。

在佛教的菩萨里，老百姓最有好感的是两位。一位是观世音菩萨，因为他（她）救苦救难。另一位便是地藏菩萨。他是释迦灭后至弥勒出现之间的救度天上以至地狱一切众生的菩萨。他像大地一样，含藏无量善根种子。他是地之神，是一位好心的菩萨。

为什么在钟前供着一尊地藏菩萨呢？因为这钟在半夜里撞，叫"幽冥钟"，是专门为难产血崩而死的妇人而撞的。不知道为什么，人们以为血崩而死的女鬼是居处在最黑最黑的地狱里的，——大概以为这样的死是不洁的，罪过最深。钟声，会给她们光明。而地藏菩萨是地之神，好心的菩萨，他对死于血崩的女鬼也会格外慈悲的，所以钟前供地藏菩萨,极其自然。

撞钟的是一个老和尚。相貌清癯,高长瘦削。他已经几十年不出山门了。他就住在罗汉堂里。大钟东侧靠墙,有一张矮矮的禅榻,上面有一床薄薄的蓝布棉被,这就是他的住处。白天,他随堂粥饭,洒扫庭除。半夜,起来,剔亮地藏菩萨前的油灯,就开始撞钟。

钟声是柔和的、悠远的。

"东——嗡……嗡……嗡……"

钟声的振幅是圆的。"东——嗡……嗡……嗡……",一圈一圈地扩散开。就像投石于水,水的圆纹一圈一圈地扩散。

"东——嗡……嗡……嗡……"

钟声撞出一个圆环,一个淡金色的光圈。地狱里受难的女鬼看见光了。她们的脸上现出了欢喜。"嗡……嗡……嗡……"金色的光环暗了,暗了,暗了……又一声,"东——嗡……嗡……嗡……"又一个金色的光环。光环扩散着,一圈,又一圈……

夜半,子时,幽冥钟的钟声飞出承天寺。

"东——嗡……嗡……嗡……"

幽冥钟的钟声扩散到了千家万户。

正在酣睡的孩子醒来了,他听到了钟声。孩子向母亲的身边依偎得更紧了。

承天寺的钟,幽冥钟。

女性的钟,母亲的钟……

一九八五年十二月四日中午,飘雪。

茶　干

家家户户离不开酱园。开门七件事,柴米油盐酱醋茶,倒有三件和酱园有关:油、酱、醋。

连万顺是东街一家酱园。

他家的门面很好认,是个石库门。麻石门框,两扇大门包着铁皮,用奶头铁钉钉出如意云头。本地的店铺一般都是"铺阃子门",十二块、十六块门板,晚上上在门坎的槽里,白天卸开。这样的石库门的门面不多。城北只有那么几家。一家恒泰当,一家豫丰南货店。恒泰当倒闭了,豫丰失火烧掉了。现在只剩下北市口老正大棉席店和东街连万顺酱园了。这样的店面是很神气的。尤其显眼的是两边白粉墙的两个大字。黑漆漆出来的。字高一丈,顶天立地,笔划很粗。一边是"酱",一边是"醋"。这样大的两个字!全城再也找不出来了。白墙黑字，非常干净。没有人往墙上贴一张红纸条，上写："出卖重伤风，一看就成功"；小孩子也不在墙上写："小三子，吃狗屎"。

店堂也异常宽大。西边是柜台。东边靠墙摆了一溜豆绿色的大酒缸。酒缸高四尺，莹润光洁。这些酒缸都是密封着的。有时打开一缸，由一个徒弟用白铁唧筒把酒汲在酒坛里，酒香四溢，飘得很远。

往后是一个很大的院子，青砖铺地，整整齐齐排列着百十口大酱缸。酱缸都有个帽子一样的白铁盖子。下雨天盖上。好太阳时揭下盖子晒酱。有的酱缸当中掏出一个深洞，如一小井。原汁的酱油从井壁渗出，这就是所谓"抽油"。西边有一溜走廊，走廊尽头是一个小磨坊。一头驴子在里面磨芝麻或豆腐。靠北是三间瓦屋，是做酱菜、切萝卜干的作坊。有一台锅灶，是煮茶干用的。

从外往里，到处一看，就知道这家酱园的底子是很厚实的。——单是那百十缸酱就值不少钱！

连万顺的东家姓连。人们当面叫他连老板，背后叫他连老大。都说他善于经营，会做生意。

连老大做生意，无非是那么几条：

第一，信用好。连万顺除了做本街的生意，主要是做乡下生意。东乡和北乡的种田人上城，把船停在大淖，拴好了船绳，就直奔连万顺，打油、买酱。乡下人打油，都用一种特制的油壶，广口，高身，外面挂了酱黄色的釉，壶肩有四个"耳"，耳里拴了两条麻绳作为拎手，不多不少，一壶能装十斤豆油。他们把油壶往柜台上一放，就去办别的事情去了。等他们办完事回来，油已经打好了。油壶口用厚厚的桑皮纸封得严严的。桑皮纸上盖了一个墨印的圆印："连万顺记"。乡下人从不怀疑油的分量足不足，成色对不对。多年的老主顾了，还能有错？他们要的十斤干黄酱也都装好了。装在一个元宝形的粗篾浅筐里，筐里衬着荷叶，豆酱拍得实实的，酱面盖了几个红曲印的印记，也是圆形的。乡下人付了钱，提了油壶酱筐，道一声"得罪"，就走了。

　　第二，连老板为人和气。乡下的熟主顾来了，连老板必要起身招呼，小徒弟立刻倒了一杯热茶递了过来。他家柜台上随时点了一架盘香，供人就火吸烟。乡下人寄存一点东西，雨伞、扁担、箩筐、犁铧、坛坛罐罐，连老板必亲自看着小徒弟放好。有时竟把准备变卖或送人的老母鸡也寄放在这里。连老板也要看着小徒弟把鸡拎到后面廊子上，还撒了一把酒糟喂喂。这些鸡的脚爪虽被捆着，还是卧在地上高高兴兴地啄食，一直吃到有点醉醺醺的，就闭起眼睛来睡觉。

　　连老板对孩子也很和气。酱园和孩子是有缘的。很多人家要打一点酱油，打一点醋，往往派一个半大孩子去。妈妈盼望孩子快些长大,就说:"你快长吧,长大了好给我打酱油去!"买酱菜,这是孩子乐意做的事。连万顺家的酱菜样式很齐全:萝卜头、十香菜、酱红根、糖醋蒜……什么都有。最好吃的是甜酱甘露和麒麟菜。甘露,本地叫做"螺螺菜",极细嫩。麒麟菜是海菜,分很多叉,样子有点像画上的麒麟的角,半透明,嚼起来脆脆的。孩子买了甘露和麒麟菜,常常一边走,一边吃。

一到过年,孩子们就惦记上连万顺了。连万顺每年预备一套锣鼓家伙,供本街的孩子来敲打。家伙很齐全,大锣、小锣、鼓、水镲、碰钟,一样不缺。初一到初五,家家店铺都关着门。几个孩子敲敲石库门,小徒弟开开门,一看,都认识,就说:"玩去吧!"孩子们就一窝蜂奔到后面的作坊里,操起案子上的锣鼓,乒乒乓乓敲打起来。有的孩子敲打了几年,能敲出几套十番,有板有眼,像那么回事。这条街上,只有连万顺家有锣鼓。锣鼓声使东街增添了过年的气氛。敲够了,又一窝蜂走出去,各自回家吃饭。

到了元宵节,家家店铺都上灯。连万顺家除了把四张玻璃宫灯都点亮了,还有四张雕镂得很讲究的走马灯。孩子们都来看。本地有一句歇后语:"乡下人不识走马灯,——又来了!"这四张灯里周而复始,往来不绝的人马车炮的灯影,使孩子百看不厌。孩子们都不是空着手来的，他们牵着兔子灯，推着绣球灯，系着马灯，灯也都是点着了的。灯里的蜡烛快点完了，连老板就会捧出一把新的蜡烛来，让孩子们点了，换上。孩子们于是各人带着换了新蜡烛的纸灯，呼啸而去。

预备锣鼓，点走马灯，给孩子们换蜡烛，这些，连老大都是当一回事的。年年如此，从无疏忽忘记的时候。这成了制度，而且简直有点宗教仪式的味道。连老大为什么要这样郑重地对待这些事呢？这为了什么目的，出于什么心理？实在令人捉摸不透。

第三，连老板很勤快。他是东家，但是不当"甩手掌柜的"。大小事他都要过过目，有时还动动手。切萝卜干、盖酱缸、打油、打醋，都有他一份。每天上午，他都坐在门口晃麻油。炒熟的芝麻磨了，是芝麻酱，得盛在一个浅缸盆里晃。所谓"晃"，是用一个紫铜锤出来的中空的圆球，圆球上接一个长长的木把，一手执把，把圆球在麻酱上轻轻地压，压着压着，油就渗出来了。酱渣子沉于盆底，麻油浮在上面。这个活很轻松，但是费时间。连老大在门口晃麻油，是因为一边晃，一边可以看看过往行人。有时有熟人进来跟他聊天，他就一边聊，一边晃，手里嘴里都不闲着，两不耽误。到了下午出茶干的时候，酱园上上下下一齐动手，连老大也算一个。

茶干是连万顺特制的一种豆腐干。豆腐出净渣，装在一个一个小蒲包里，包口扎紧，入锅，码好，投料，加上好抽油，上面用石头压实，文火煨煮。要煮很长时间。煮得了，再一块一块从麻包里倒出来。这种茶干是圆形的，周围较厚，中心较薄，周身有蒲包压出来的细纹，每一块当中还带着三个字："连万顺"，——在扎包时每一包里都放进一个小小的长方形的木牌，木牌上刻着字，木牌压在豆腐干上，字就出来了。这种茶干外皮是深紫黑色的，掰开了，里面是浅褐色的。很结实，嚼起来很有咬劲，越嚼越香，是佐茶的妙品，所以叫做"茶干"。连老大监制茶干，是很认真的。每一道工序都不许马虎。连万顺茶干的牌子闯出来了。车站、码头、茶馆、酒店都有卖的。后来竟有人专门买了到外地送人的。双黄鸭蛋、醉蟹、董糖、连万顺的茶干，凑成四色礼品，馈赠亲友，极为相宜。

连老大就是这样一个人，一个开酱园的老板，一个普普通通、正正派派的生意人，没有什么特别处。这样的人是很难写成小说的。

要说他的特别处，也有。有两点。

一是他的酒量奇大。他以酒代茶。他极少喝茶。他坐在账桌上算账的时候，面前总放一个豆绿茶碗。碗里不是茶，是酒，——一般的白酒，不是什么好酒。他算几笔，喝一口，什么也不"就"。一天老这么喝着，喝完了，就自己去打一碗。他从来没有醉的时候。

二是他说话有个口头语："的时候"。什么话都要加一个"的时候"。"我的时候"、"他的时候"、"麦子的时候"、"豆子的时候"、"猫的时候"、"狗的时候"……他说话本来就慢，加了许多"的时候"，就更慢了。如果把他说的"的时候"都删去，他每天至少要少说四分之一的字。

连万顺已经没有了。连老板也故去多年了。五六十岁的人还记得连万顺的样子，记得门口的两个大字，记得酱园内外的气味，记得连老大的声音笑貌，自然也记得连万顺的茶干。

连老大的儿子也四十多了。他在县里的副食品总店工作。有人问他："你们家的茶干，为什么不恢复起来？"他说："这得下十几种药料，现在，谁做这个！"

一个人监制的一种食品，成了一地方具有代表性的土产，真也不容易。不过，这种东西没有了，也就没有了。

一九八五年十二月十二日

后 记

我现在住的地方叫做蒲黄榆。曹禺同志有一次为一点事打电话给我,顺便问起:"你住的地方的地名怎么那么怪?"我搬来之前也觉得这地名很怪:"捕黄鱼?——北京怎么能捕得到黄鱼呢?"后来经过考证,才知道这是一个三角地带,"蒲黄榆"是三个旧地名的缩称。"蒲"是东蒲桥,"黄"是黄土坑,"榆"是榆树村。这犹之"陕甘宁"、"晋察冀",不知来历的,会觉得莫名其妙。我的住处在东蒲桥畔,因此把这三篇小说题为《桥边小说》,别无深意。

这三篇写的也还是旧题材。近来有人写文章,说我的小说开始了对传统文化的怀恋,我看后哑然。当代小说寻觅旧文化的根源,我以为这不是坏事。但我当初这样做,不是有意识的。我写旧题材,只是因为我对旧社会的生活比较熟悉,对我旧时邻里有较真切的了解和较深的感情。我也愿意写新的生活,新的人物。但我以为小说是回忆。必须把热腾腾的生活熟悉得像童年往事一样,生活和作者的感情都经过反复沉淀,除净火气,特别是除净感伤主义,这样才能形成小说。但是我现在还不能。对于现实生活,我的感情是相当浮躁的。

这三篇也是短小说。《詹大胖子》和《茶干》有人物无故事,《幽冥钟》则几乎连人物也没有,只有一点感情。这样的小说打破了小说和散文的界限,简直近似随笔。结构尤其随便,想到什么写什么,想怎么写就怎么写。我这样做是有意的(也是经过苦心经营的)。我要对"小说"这个概念进行一次冲决:小说是谈生活,不是编故事;小说要真诚,不能耍花招。小说当然要讲技巧,但是:修辞立其诚。

一九八五年十二月十二日夜

小学同学

金 国 相

我时常想起金国相。他很可怜。不知道怎么传出来的,说金国相有尾巴。于是在第二节课下课后,常常有一群同学追他,要脱下他的裤子。金国相拼命逃。大家拼命追。操场、校园、厕所……。金国相跑得很快,从来没有被追上、摁倒过。这样追了十分钟,直到第二节课铃响。学校的老师看见,也不管。我没有追过金国相。为什么要欺负人呢?那么多人欺负一个人!

金国相到底有没有尾巴?可能是有的。不然他为什么拼

---

* 初刊于《北京文学》一九八九年第一期,初收于北师大版《汪曾祺全集》第二卷。

命逃？可能是他尾骨长出一节，不会是当真长了一根毛乎乎的尾巴。

金国相的样子有点蠢。头很大，眼睛也很大。两只很圆的眼睛，老是像瞪着。说话声音很粗。

他家很穷。父亲早死了，家里只有一个祖母，靠糊"骨子"（做鞋底用的袼褙）为生。把碎布浸湿，打一盆面糊，在门板上把碎布一层一层地拼起来，糊得实实的，成一个二尺宽、五六尺长的长方块，晒干后，揭下。只要是晴天，都看见老奶奶坐在一个小板凳上糊骨子。金国相家一般是不关门的，因为门板要用来糊骨子，因此从街上一眼可以看到他家的堂屋。堂屋里什么都没有，一张破桌子，几条板凳。

金国相家左邻是一个很小的石灰店，右邻是一个很小的炮仗店。这几家门面都不敞亮，不过金国相家特别的暗淡。

金国相家的对面是一个私塾。也还有人家愿意把孩子送到私塾念书，不上小学。私塾里有十几个学生。我们是读小学的，而且将来还会读中学、大学，对私塾看不起，放学后常常大摇大摆地走进去看看。教私塾的老先生也无可奈何。这位老先生样子很"古"。奇怪的是板壁上却挂了一张老夫妻俩的合影，而且是放大的。老先生用粗拙的字体在照片边廊题了一首诗，有两句我一直不忘：

"诸君莫怨奁田少，

吃饭穿衣全靠他。"

我当时就觉得这首诗很可笑。"佘田"的多少是老先生自己的事,与"诸君"有什么关系呢?

金国相为什么不就在对门读私塾,为什么要去读小学呢?

邱 麻 子

邱麻子当然是有个学名的,但是从一年级起,大家都叫他邱麻子。他又黑又麻。他上学上得晚,比我们要大好几岁,人也高出好多。每学期排座位,他总是最后一排,靠墙坐着。大家都不愿跟他一块玩,他也跟这些比他小好几岁的伢子玩不到一起去,他没有"好朋友"。我们那时每人都有一两个特别要好的同学。男生跟男生玩,女生跟女生玩。如果是亲戚或是邻居,男生和女生也可以一起玩。早上互相叫着一起到学校,晚上一同回家。邱麻子总是一个人来,一个人走。

三年级的时候,有一天上算术课,来的不是算术老师,是教务主任顾先生。顾先生阴沉着脸,拿了一把很大的戒尺。级长喊了"一——二——三"之后,顾先生怒喝了一声:

"邱××！到前面来！"邱麻子走到讲桌前站住。"伸出左手！"顾先生什么都不说，抡起戒尺就打。打得非常重。打得邱麻子嘴角牵动，一咧一咧的。一直打了半节课。同学们鸦雀无声。只见邱麻子的手掌肿得像发面馒头。邱麻子不哭，不叫喊，只是咧嘴。这不是处罚，简直是用刑。

后来知道是因为邱麻子"摸"了女生。

过了好些年，我才知道这叫"猥亵"。

邱麻子当然不知道这是"猥亵"。

连教导主任顾先生也不知道"猥亵"这个词。

邱麻子只是因为早熟，因为过早萌发的性意识，并且因为他的黑和麻，本能地做出这种事，没有谁能教唆过他。

邱麻子被学校开除了。

邱麻子家开了一座铁匠店。他父亲就是打铁的。邱麻子被开除后，学打铁。

他父亲掌小锤，他抡大锤。我们放了学，常常去看打铁。他父亲把一块铁放进炉里，邱麻子拉风箱。呼——哒，呼——哒……铁块烧红了，他父亲用钳子夹出来，搁在砧子上。他父亲用小锤一点，"丁"，他就使大锤砸在父亲点的地方，"当"。丁——当，丁——当。铁块颜色发紫了，他父亲把铁块放在炉里再烧。烧红了，夹出来，丁——当，丁——当，到了一件铁活快成形时，就不再需要大锤，只要由他父亲用小锤正面反面轻敲几下,"丁、丁、丁、丁"。"丁丁丁丁……"这是用小锤空击在铁砧上,表示这件铁活已经完成。

丁——当,丁——当,丁——当。

少年棺材匠

徐守廉家是开棺材店的。是北门外唯一的棺材店。

走过棺材店,总有一种很特殊的感觉。别的店铺都与"生"有关,所卖的东西是日用所需,棺材店却是和"死"联系在一起的。多数店铺在店堂里都设有椅凳茶几,熟人走过,可以进去歇歇脚,喝一杯茶,闲谈一阵,没有人会到棺材店去串门。别的店铺里很热闹。酱园从早到晚,买油的、买酱的、打酒的、买萝卜干酱莴苣的,川流不息。布店从早上九点钟到下午五六点钟,总有人靠着柜台挑布(没有人大清早去买布的;灯下买布,看不正颜色)。米店中饭前、晚饭前有两次高潮。药店的"先生"照方抓药,顾客坐在椅子上等,因为中药有很多味,一味一味地用戥子戥,包,要费一点时间。绒线店里买丝线的、绦子的、二号针的、品青煮蓝的……络绎不绝。棺材店没法子热闹。北门外一天死不了一个人。一天死几个，更是少有。就是那年闹霍乱，死的人也不太多。棺材店过年是不贴春联的。如果贴，写什么字呢？"生意兴隆通四海，财源茂盛达三江"？

我和徐守廉很要好。他很聪明，功课很好，我常到他家的棺材店去玩。

棺材店没有柜台，当然更没有货橱货架，只有一张帐桌，徐守廉的父亲坐在桌后的椅子里，用一副骨牌"打通关"。棺材店是不需要多少"先生"的，顾客很少，货品单一。有来看材的（这些"材"就靠西墙一具一具的摞着），徐守廉的父亲就放下骨牌接待。棺材是没有什么可挑选的，样子都是一样。价钱也是固定的。上等的、中等的、下等的薄皮材，自几十元、十几元至几块钱不等。也没有人去买棺材讨价还价。看定一种，交了钱，雇人抬了就走。买棺材不兴赊帐，所以帐目也就简单。

我去"玩"，是去看棺材匠做棺材。棺材也要做得像个棺材的样子，不能做成一个长方的盒子。棺材板很厚。两边的板要一头大，一头小，要略略有点弧度，两边有相抱的意思；棺材盖尤其重要，棺材盖正面要略略隆起，棺材盖的里面要是一个"膛"，稍拱起。做棺材的工具是一个长把，弯头，阔刃的家伙，叫做"锛"。棺材的各部分，是靠"锛"锛出来的（棺材板平放在地下）。老师傅锛起来非常准确。

嚓!——嚓,嚓,嚓——锛到底,削掉不必要的部分,略修几下,这块板就完全合尺寸。锛时是不弹墨线的,全凭眼力,凭手底下的功夫。一般木匠是不会做棺材的,这是另一门手艺。

棺材店里随时都喷发出新锛的杉木的香气。

徐守廉小学毕业没有升学,就在他家的棺材店里学做棺材的手艺。

我读完初中,徐守廉也差不多出师了。

我考上了高中,路过徐家棺材店,徐守廉正在熟练地锛板子。我叫他:

"徐守廉!"

"汪曾祺!来!"

我心里想:"你为什么要当棺材匠呢?"话到嘴边,没有说出来。我觉得当棺材匠不好。为什么不好呢?我也说不出来。

蒌蒿薹子

小说《大淖记事》:"春初水暖,沙洲上冒出很多紫红色的芦芽和灰绿色的蒌蒿,很快就是一片翠绿了。"

我在书页下方加了一条注："蒌蒿是生于水边的野草，粗如笔管，有节，生狭长的小叶，初生二寸来高，叫做'蒌蒿薹子'，加肉炒食极清香。……"蒌蒿的蒌字，我小时不知怎么写，后来偶然看了一本什么书，才知道的。这个字音"吕"。我小学有一个同班同学，姓吕，我们就给他起了一个外号，叫"蒌蒿薹子"（蒌蒿薹子家开了一爿糖坊，小学毕业后未升学，我们看见他坐在糖坊里当小老板，觉得很滑稽）。

——《故乡的食物》

真对不起，我把我的这位同学的名字忘了，现在只能称他为蒌蒿薹子。我们小时候给人取外号，常常没有什么意义，"蒌蒿薹子"，只是因为他姓吕，和他的形貌没有关系。"糖坊"是制麦芽糖的。有一口很大的锅，直径差不多有一丈。隔几天就煮一锅大麦芽，整条街上都闻到熬麦芽的气味。麦芽怎么变成了糖，这过程我始终没弄清楚，只知道要费很长时间。制出来的糖就是北京叫做关东糖的那种糖。有的做成直径尺半许的一个圆饼，肩挑的小贩趸去。或用钱买，或用鸭毛破布来换，都可以。用一个铇刃形的铁片楔入糖边，用小铁锤一敲，丁的一声就敲下一块。云南叫这种糖叫"丁丁糖"。蒌蒿薹子家不卖这种糖，门市只卖做成小烧饼状的糖饼。有时还卖把麦芽糖拉出小孔，切成二寸长的一段一段，孔里灌了豆面，外面滚了芝麻的"灌香糖"。吃糖饼的人很少，这东西很硬，咬一口，不小心能把门牙齿扳下来。灌香糖买的人也不多。因此照料门市，只要一个人就够了。原来看店堂的是他的父亲，蒌蒿薹子小学毕了业，就由他接替了。每年只有进腊月二十边上，糖坊才火红热闹几天。家家都要买糖饼祭灶，叫做"灶糖"，不少人家一买买一摞，由大至小，摞成宝塔。全城只有这一家糖坊，买灶饼糖的人挤不动。四乡八镇还有来批趸的。糖坊一年，就靠这几天的生意赚钱。这几天，蒌蒿薹子显得很忙碌，很兴奋。他的已经"退居二线"的父亲也一起出动。过了这几天，糖坊又归于清淡。蒌蒿薹子可以在店堂里"坐"着，或抄了两手在大糖锅前踱来踱去。

蒌蒿薹子是我们的同学里最没有野心，最没有幻想，最安分知足的。虚岁二十，就结了婚。隔一年，得了一个儿子。而且，那么早就发胖了。

王　居

我所以记得王居，一是我觉得王居这个名字很好玩，——有什么好玩呢？说不出个道理；二是，他有个毛病，上体育的时候，齐步走，一顺边，——左手左脚一齐出，右手右脚一齐出。

王居家是开豆腐店的，豆腐店是不大的买卖。北门外共有三家豆腐店。一家马家豆腐店，一家顾家豆腐店，都穷，房屋残破，用具发黑。顾家豆腐店因为顾老头有一个很风流的女儿而为人所知（关于她，是可以写一篇小说的）。只有王居家的"王记豆腐店"却显得气象兴旺。磨浆的磨子、卖浆的锅、吊浆的布兜，都干干净净。盛豆腐的木格刷洗得露出木丝。什么东西都好像是新置的。王居的父亲精精神神，母亲也是随时都是光梳头，净洗脸，衣履整齐。王家做出来的豆腐比别家的白、细，百叶薄如高丽纸，豆腐皮无一张破损。"王记"豆腐方干齐整紧细，有韧性，切"干丝"最好，北城几家茶馆，五柳园、小蓬莱、胡小楼，常年到"王记"买豆腐干。因此街邻们议论：小买卖发大财。

一个豆腐店，"发"也发不到哪里去。但是王居小学毕业后读了初中。我们同了九年学。王居上了初中，还是改不了他那老毛病，齐步走，一顺边。

王居初中毕业后，是否升学读了高中，我就不清楚了。

道士二题

马 道 士

马道士是一个有点特别的道士，和一般道士不一样。他随时穿着道装。我们那里当道士只是一种职业，除了到人家诵经，才穿了法衣，——高方巾、绣了八卦的"鹤氅"，平常都只是穿了和平常人一样的衣衫，走在街上和生意买卖人没有什么两样。马道士的道装也有点特别，不是很宽大、很长，——我们那里说人衣服宽长不合体，常说"像个道袍"，而是短才过胫。斜领，白布袜，青布鞋。尤其特别的是他头上的那顶道冠。这顶道冠是个上面略宽，下面略窄，前面稍

---

* 初刊于《长城》一九九四年第五期，初收于北师大版《汪曾祺全集》第六卷。

高，后面稍矮的一个马蹄状的圆筒，黑缎子的。冠顶留出一个圆洞，露出梳得溜光的发髻。这种道冠不知道叫什么冠。全城只有马道士一个人戴这种冠，我在别处也没有见过。

马道士头发很黑，胡子也很黑，双目炯炯，说话声音洪亮，中等身材，但很结实。

他不参加一般道士的活动，不到人家念经，不接引亡魂过升仙桥，不"散花"（道士做法事，到晚上，各执琉璃荷花灯一盏，迂回穿插，跑出舞蹈队形，谓之"散花"），更不搞画符捉妖。他是个独来独往的道士。

他无家无室（一般道士是娶妻生子的），一个人住在炼阳观。炼阳观是个相当大的道观，前面的大殿里也有太上老君，值日功曹的塑像，也有人来求签、掷珓……马道士概不过问，他一个人住在最后面的吕祖楼里。

吕祖楼是一座孤零零的很小的楼，没有围墙，楼北即是"阴城"，是一片无主的荒坟，住在这里真是"与鬼为邻"。

马道士坐在楼上读道书，读医书，很少下楼。

他靠什么生活呢？他懂医道，有时有人找他看病，送他一点钱。——他开的方子都是一般的药，并没有什么仙丹之类。

他开了一小片地，种了一畦萝卜，一畦青菜，够他吃的了。

有时他也出观上街，买几升米，买一点油盐酱醋。

吕祖楼四周有二三十棵梅花，都是红梅，不知是原来就有，还是马道士手种的。春天，梅花开得极好，但是没有什么人来看花，很多人甚至不知道炼阳观吕祖楼下有梅花。我们那里梅花甚少，顶多有人家在庭院里种一两棵，像这样二三十棵长了一圈的地方，没有。

马道士在梅花丛中的小楼上读道书，读医书。

我从小就觉得马道士属于道教里的一个什么特殊的支派，和混饭吃的俗道士不同。他是从哪里来的呢？

前几年我回家乡一趟，想看看炼阳观，早就没有了。吕祖楼、梅花，当然也没有了。马道士早就"羽化"了。

一九九四年三月二十三日

五　坛

五坛是个道观，离我家很近。由傅公桥往东，走十来分钟就到。观枕澄子河，门外是一条一步可以跨过的水渠，水很清。沿渠种了一排柽柳。渠以南是一片农田，稻子麦子都长得很好，碧绿碧绿。五坛的正名是"五五社"，坛的大门匾上刻着这三个字，可是大家都叫它"五坛"。有人问路："五五社在哪里"，倒没有什么人知道。为什么叫个"五坛"、"五五社"？不知道。道教对数目有一种神秘观念，对五尤其是这样。也许这和"太极、无极"有一点什么关系，不知道。我小时候不知道，现在也还是不知道。真是"道可道，非常道"！

五坛的门总是关着的。但是门里并未下闩，轻轻一推，就可以进去。

门里耳房里站着一个道童，管看门、扫地、焚香。除他以外，没有一个人，静悄悄的。天井两头种了四棵相当高大的树。东边是两棵玉兰，两边是两棵桂花。玉兰盛开，洁白耀眼。桂花盛开，香飘坛外。左侧有一个放生池，养着乌龟。正面的三清殿上塑着太上老君的金身，比常人还稍矮一点。前面是念经的长案，长案上整整齐齐地排了一刊经卷。经案下是一列拜垫，盖着大红毡子。炉里烧的是檀香，香气清雅。

五坛的道士不是普通的道士，他们入坛，在道，只是一种信仰，并不以此为职业。他们都是有家有业，有身份的人，如叶恒昌，是恒记桐油栈的老板。桐油栈是要有雄厚的资金的。如高西园，是中学的历史教员。人们称呼他们时也只是"叶老板"、"高老师"，不称其在教中的道名。

他们定期到坛里诵经（远远的可以听到诵经的乐曲和钟磬声音）。一般只是在坛里，除非有人诚敬恭请，不到人家作法事。他们念的经也和一般道士不一样，听说念的是《南华经》——《庄子》，这很奇怪。

五坛常常扶乩，我没有见过扶乩，据说是由两个人各扶着一个木制的丁字形的架子，下面是一个沙盘，降神后，丁字架下垂部分即在沙盘上画出字来。扶乩由来已久，明清后尤其盛行。张岱的《陶庵梦忆》即有记载。纪晓岚《阅微草堂笔记》录了很多乩语、乩诗。纪晓岚是个严肃的人，所录当不是造谣。这究竟是怎么回事呢？我以为这值得研究研究，不能用"迷信"二字一笔抹杀。

每年正月十五后一二日（扶乩一般在正月十五举行），五坛即将"乩语"木板刻印，分送各家店铺，大约四指宽，六七寸长。这些"乩语"倒没有神秘色彩，只是用通俗的韵文预卜今年是否风调雨顺，宜麦宜豆，人畜是否平安，有无水旱灾情。是否灵验，人们也在信与不信之间。

关于五坛，有这么一个故事。

蓝廷芳是个医生，"是外路人"。他得知五坛的道士道行高尚，法力很深，到五坛顶礼跪拜，请五坛道长到他家里为他父亲的亡魂超度。那天的正座是叶恒昌。

到"召请"（把亡魂摄到法坛，谓之"召请"），经案上的烛火忽然变成蓝色，而且烛焰倾向一边，经案前的桌帷无风自起。同案诵经的道士都惊恐色变。叶恒昌使眼色令诸人勿动。

法事之后，叶恒昌问蓝廷芳：

"令尊是怎么死的？"

蓝廷芳问叶恒昌看见了什么。

叶恒昌说："只见一个人，身著罪衣，一路打滚，滚出桌帷。"

蓝廷芳只得说实话：他父亲犯了罪，在充军路上，被解差乱棍打死。

蓝廷芳和叶恒昌我都认识。蓝廷芳住在竺家巷口，就在我家后门的斜对面。叶恒昌的恒记桐油栈在新巷口，我上小学时上学、放学都要从桐油栈门口走过，常看见叶恒昌端坐在柜台里面。叶恒昌是个大个子，看起来好像很有道行。但是我没有问过叶恒昌和蓝廷芳有没有这么回事。一来，我当时还是个孩子，二来这种事也不便问人家。

但是我很早就认为这只是一个故事。

而且这故事叫我很不舒服。为什么使我不舒服，我也说不清。

我常到五坛前面的渠里去捉乌龟。下了几天大雨，五坛放生池的水涨平岸，乌龟就会爬出来，爬到渠里快快活活地游泳。

《庄子》被人当做"经"念，而且有腔有调，而且敲钟击磬，这实在有点滑稽。

一九九四年三月二十七日

故事里的故事

上次提笔写爷爷,已是八年前。二〇一一年冬,《老头儿汪曾祺——我们眼中的父亲》一书再版,出版社提出,原书是从子女的视角写自己的父亲,新版可以加入孙辈的追忆,也算是回馈新读者的"彩蛋"。当时接到任务未及多想,开始动笔却千难万难。酝酿许久,艰难成文,之后大病一场,及至次年换了一份工作,从司法系统转到了文化管理部门,大约也是借着写文章完成了一次自我检视和自我和解。毕竟,因着一句"我是法盲"被媒体口诛笔伐的老头儿已经不在了,学法数载,待到自己独立落槌审案,终于确定了我似乎也不是嗑法学这棵树的虫儿,还是及时并线改道,避免误人误己。

写《"名门之后"个中味》的时候,爷爷还是个不那么大众的作家，虽然已被写进了文学史，但没有太高的社会知名度，读者圈子并不算大。近些年来，老头儿越来越"有名"了，大约是作品被选入了不少地方的中小学课本的缘故，喜欢他的读者已是上至耄耋，下至稚童。今年四月，朋友告诉我老头儿的话题上了热搜，打开微博，关键词竟是"汪曾祺好爱吐槽一男的"，读者评价他的作品"自带弹幕"，说除了他，从未见过哪个作家在小说里用这么多的"（ ）"，如此积极地表达自己内心的想法。于是，老头儿继"最后一个士大夫"、"纯粹的文人"、"人道主义者"等光环后，喜提新称号"作家里的内心帝"、"图书界的bilibili"，也算是高大上和接地气兼备了。

这应该是好事。不管读者爱的是他开放通达的胸怀、清淡隽永的文字，还是醇厚至美的乡情、食指大动的美食，总归能让更多人喜欢读读书、做做菜，让日子过得更有些滋味。但有时也觉得不安：幼时课本里的"大家"似乎大多并不受学生待见，如有篇目需要背诵更是极大拉低好感度；且老头儿的文章如果用在立意剖析、段落概括、中心思想提炼之类的题目上，约莫对出题的老师和答题的学生都是种折磨。前些时日，同事带着上小学的女儿来单位值班，小姑娘说自己特别喜欢汪曾祺爷爷的文章，学了课文之后就去书店买了好几本他的集子。我好奇地问她喜欢什么，小姑娘嗫嚅

故事里的故事

许久，说自己也说不出为什么，就是喜欢。我听了大感欣慰，也甚为惭愧，毕竟在我念小学时，还在批判老头儿的作品"没词儿"。

年初，人民文学出版社历经八年雕琢，将目前爷爷存世的绝大多数文字收录于《汪曾祺全集》中付梓，按照时间脉络系统梳理了他的创作历程。而这次编辑出版《别集》，是亲故和资深"汪迷"对于汪曾祺作品的解读，不拘文体，不依时序，更多凭的是作品间只可意会不可言传的"味道"。

《晚饭后的故事》一册，收录有序跋、书信、小说，解析了老头儿的创作理念，也通过作品反映了他在家乡蒙学、至上海任教、到北京后在京剧院就职等时期的生活和思想。我最偏爱的两篇是《安乐居》和《小芳》，无关作品水准，只因为文字留存着我在爷爷身边生活最美的回忆。每次读起，总觉得自己还是那个"谁见了都喜欢，都想抱抱"的小丫头，天天缀在爷爷身后当条小尾巴，跟着他去安乐林荡秋千、到安乐居买酒菜，拉着好脾气的小芳阿姨去楼下翻沙挖土、拔草喂兔子。可惜，现下的我与文中描述相符的大约只有"很结实，胖乎乎的"一句了，呜呼哀哉。

老头儿说自己外出喜欢捡石头子儿，从海边，从火山湖畔，从沙漠，选时觉得新鲜得趣，带回家看多了便觉得没了意思，最后不知下落。他这个习惯我印象不深，但父母家里确实有只天青的椭圆盆子，并里面的青白鹅卵，都是我年幼时从爷爷那里"抄"来的。每到年关，就会被翻找出，清洗干净，栽上两颗圆滚滚白胖胖的"蒜头"，上元前后，便有丛丛洁白的六瓣花朵绽放，伴着一室幽香。

我想，写作也罢，读书也罢，都是一场"边捡边丢"的旅程，究竟是灰突突的破石头，还是价值连城的宝矿，全凭当时当日的场景与心境。有些石头子儿，当时看来没有什么保留的价值，流年经转，却发现已成为揳在生命中的印刻；当然，若日后喜爱不再，被孙女拿去过家家，或是压了花盆，也是一份妙趣。

庚子年的春节来得早，又是栽水仙的时候了。待到元宵花开，正是老头儿的百年诞辰。

汪 卉
二〇一九年十二月

图书在版编目(CIP)数据

晚饭后的故事 / 汪曾祺著. —杭州：浙江文艺出版社，2020.5
ISBN 978-7-5339-6015-5

Ⅰ.①晚…Ⅱ.①汪…Ⅲ.①短篇小说－小说集－中国－当代 Ⅳ.① I247.7

中国版本图书馆 CIP 数据核字 (2020) 第 012226 号

晚饭后的故事　　汪曾祺　著

出版策划	星汉文章　读蜜传媒				
出版统筹	金马洛	选题策划	李建新	责任编辑	罗艺
装帧设计	生生书房	排版制作	胡亚超	责任印制	张丽敏

出版发行　浙江文艺出版社
网　　址　www.zjwycbs.cn
联系电话　0571-85152727（发行部）
经　　销　浙江省新华书店集团有限公司
印　　刷　浙江新华数码印务有限公司
开　　本　787 毫米 ×1092 毫米　1/32　　字　　数　133 千字
印　　张　7.5　　　　　　　　　　　　　　插　　页　4
版　　次　2020 年 5 月第 1 版
印　　次　2020 年 5 月第 1 次印刷
书　　号　ISBN 978-7-5339-6015-5
定　　价　28.00 元

版权所有　违者必究

（如有印装质量问题，请寄承印单位调换）